괴물
포식자

괴물 포식자 2

철순 장편소설

초판 1쇄 찍은 날 § 2016년 5월 20일
초판 1쇄 펴낸 날 § 2016년 5월 27일

지은이 § 철순
펴낸이 § 서경석

편집책임 § 이재림

펴낸곳 § 도서출판 청어람
등록번호 § 제387-1999-000006호
등록일자 § 1999. 5. 31
어람번호 § 제1-2439호

주소 § 경기도 부천시 원미구 부일로 483번길 40 서경B/D 3F (우) 14640
전화 § 032-656-4452 팩스 § 032-656-4453
http://www.chungeoram.com
E-mail § chungeorambook@daum.net

ISBN 979-11-04-90819-4 04810
ISBN 979-11-04-90817-0 (세트)

괴물 포식자

2

도서출판 청어람

철순 장편소설

FUSION FANTASTIC STORY

괴물
포식자

Contents

제1장

복수는 차갑게
그리고 천천히!

술자리가 무르익은 순간 잠깐의 정적이 찾아왔다.

그때 신혁돈이 손에서 놓지 않던 술병을 내려놓으며 말을 꺼냈다.

"내가 왜 너희를 모았는지 궁금하지?"

"예."

"네."

취기가 올라있던 윤태수와 백종화의 눈이 삽시간에 맑아지며 신혁돈을 바라보았다.

"진실의 눈이라는 세계적인 길드가 있다. 차원문이 생긴 이유를 규명하고 지구에 나타난 차원문 전부를 없애는 게 그들의 목적이지."

윤태수는 알고 있다는 듯 고개를 끄덕였고 신혁돈은 말을 이었다.

"현 인류는 차원문에서 나오는 부산물들로 인해 눈부신 발전을 하고 있어. 거의 산업혁명에 비견할 만한 속도로, 그 덕에 차원혁명이라는 말이 나올 정도지. 그런 와중에 차원문의 비밀을 밝히고 차원문을 없애려는 이들이 있다면 어떻게 될까?"

"기득권을 쥔 사람들에게 견제를 받겠죠."

"그 반대도 있을 테고."

윤태수와 백종화가 서로를 바라보았다.

둘 다 맞는 말이다. 차원문이 열리며 기득권을 얻은 사람들, 그리고 차원문 때문에 기득권을 잃은 사람들.

한쪽은 차원문이 인류에게 어떤 악영향을 가져오든 유지하려 하고, 다른 쪽은 인류야 어떻게 되든 상관하지 않고. 다시 기득권을 되찾으려 한다.

물론 겉으로는 '차원문이 지구에 어떤 영향을 줄지 모른다.' '제 앞마당의 벌레 소굴은 박멸하면서 괴물이 나오는 구멍을 그대로 두는 게 말이나 되느냐.' 하는 슬로건을 걸고 세계를 위하는 척하지만 어쨌거나 둘 사이 뜨거운 감자로 떠오르는 이들이 바로 Truth Eye, 진실의 눈이다.

"너희 생각은 어떠냐?"

"전 막아야 한다고 생각합니다."

윤태수가 말하자 백종화가 물었다.

"차원문을? 아니면 진실의 눈이라는 자들을?"

"차원문."

백종화가 의외라는 눈으로 윤태수를 바라보았다.

윤태수는 차원문에 관한 정보를 팔아먹고 사는 정보 상인. 차원문 자체가 사라져 버린다면 소스 자체가 사라지고, 이루어놓은 모든 것이 망하게 된다.

"왜?"

"사람끼리 싸우기도 바쁜데 거기에 괴물까지 나타나니 힘없는 사람들만 죽어나잖습니까. 제가 어릴 때 꿈꿨던 세상은 이런 세상이 아닙니다."

"그럼?"

"돈이 있든 없든 모두가 노력만 하면 행복하게 살 수 있는 세상이었습니다."

신혁돈이 웃음을 터뜨리며 대답했다.

"원대한 꿈이네."

어느새 윤태수와 친해진 백종화는 말을 편하게 하고 있었다.

백종화가 쯧 하고 혀를 차며 윤태수를 바라보았다.

"이유는 다릅니다만 저도 같은 생각입니다."

"형님은 왜 막아야 한다고 생각하십니까?"

윤태수의 말에 백종화는 술을 한 잔 들이켜곤 대답했다.

"몬스터 쇼크 때 가족이 다 죽었거든."

몬스터 쇼크라면 첫 차원문이 열린 뒤 100일이 지나고 붕괴된 차원문에서 괴물들이 튀어나오며 벌어진 참극을 일컫는 말이었다.

"그때 전 세계 인구의 20%가 줄었어. 14억이 죽었다고. 난 그것만으로도 차원문을 막아야 하는 이유가 된다고 생각해."

모두가 고개를 끄덕일 때 신혁돈이 물었다.

"만약 너희가 모든 차원문이 생기고 닫히는 걸 관장할 수 있고, 괴물 또한 조정할 수 있다면 어떻게 할 거냐?"

모두의 눈초리가 신혁돈을 두들겼다.

"맙소사, 그런 방법이 있습니까?"

신혁돈은 쓴웃음을 흘리며 고개를 저었다.

"없지."

방법은 없다.

하지만 가능성이 있다.

저번 삶, 가이아의 목소리로 얻은 정보에는 수많은 것이 있었다.

이를테면 마신 그리드라는 존재가 지구를 침공한다는 것. 마신 그리드 아래엔 9명의 마왕이 있으며, 각자 11개의 차원을 관리하고 있다는 것. 차원문을 통해 넘어간 차원은 모두 마왕이 관리하는 차원의 일부라는 것.

만약 마왕을 죽이고 포식해서 차원을 관리하는 힘을 얻는다면?

가능할지도 모른다. 하지만 벌써부터 할 이야기는 아니었기에 신혁돈은 말을 아꼈다.

그 대신.

"나도 차원문은 닫아야 한다고 생각한다. 그리고… 생각만 하는 너희와는 다르게 방법을 알고 있지."

"그게 뭡니까?"

"가이아의 목소리라고 불리는 석판이 있다."

신혁돈은 차분히 설명을 시작했다.

지구의 신 가이아는 마신 그리드를 막기 위해 자신의 권능을 발휘했다.

그 결과 '시스템'이라는 것을 만들어냈고, 인간에게 주었다.

인간은 가이아의 힘을 받아 각성한 뒤 마신 그리드와 싸우고 있다. 마신 그리드 아래엔 9명의 마왕이 있는데 이들을 물리치면 차원문을 완벽히 닫을 수 있다.

가만히 듣고 있던 백종화가 자신의 손을 내려다보며 말했다.

"…한 편의 소설 같습니다."

"원래 현실이 더한 법이지."

백종화는 자신도 모르게 고개를 끄덕였다.

"가이아의 석판… 형님도 그걸 얻고 모든 것을 알게 되신 겁니까?"

"맞아."

"저의 스킬도?"

"비슷해."

백종화는 천천히 고개를 끄덕였고 윤태수가 물었다.

"그 석판으로 막을 수 있다면 그걸 모으면 되는 겁니까?"

"아니, 석판은 지표다. 단순히 석판을 모아서 막을 수 있는 게 아니다. 결국 막는 건 우리고, 막을 수 있는 방법을 알려주는 게 석판이지."

백종화의 고개가 모로 꺾이며 물었다.

"그럼 우리를 모으신 목표가 차원문을 닫기 위해서라는 겁니까?"

"그거지."

윤태수는 박수를 딱 치며 말했다.

"그거 마음에 드네요. 지구방위대 같고, 돈도 될 거 같고."

"뭐, 저도 마음에 듭니다."

두 사람이 고개를 끄덕이자 나머지들도 자연스레 고개를 끄덕였다.

그러자 신혁돈이 말했다.

"태수는 정보 쪽을 맡아라."

"저희도 좀 강해져야 하지 않겠습니까? 견제라거나 그런 게 들어올 텐데."

"그건 알아서 해결해 주지."

윤태수는 쿨하게 고개를 끄덕였다.

허투루 말하는 사람이 아니니 정말 알아서 할 것을 믿고 있기 때문이었다.

이번엔 백종화를 보며 말했다.

"위력은 필요 없으니 언령을 마음대로 다룰 수 있을 정도로 익숙해져라. 그다음부터는 내가 키워주마."

가만히 고개를 끄덕이던 백종화가 물었다.

"어디 가십니까?"

"차원문 하나 클리어할 곳이 있어서."

"얼마나 걸리십니까?"

"짧으면 3일, 길면 일주일."

"알겠습니다."

술자리를 파하고 사무실로 돌아온 신혁돈이 윤태수를 불러 말했다.

"전에 말했던 거 기억하냐."

"전부 기억합니다."

"이틀 쯤 뒤에 고정훈이라는 사람한테 전화가 올 거다. 그럼 무슨 말을 하던 '형님이 곧 찾아가실 겁니다.' 라고 전해라."

윤태수는 눈에 의문을 뜨였지만 일단 '알겠습니다.' 하고 대답했다.

말을 마친 신혁돈은 사무실을 나서 근처 사우나로 향했다.

내일은 가이아의 석판이 주었던 퀘스트.

마신 그리드의 아래엔 9명의 마왕이 있다.

마왕은 각자 11개의 차원을 관리한다.

이들에게 도전하기 위해서는 시련을 이겨내야 한다.

개중 9번째 서열에 있는 마왕. 아이가투스에게 도전하기 위해서는 11번의 시련을 이겨내야 한다.

　그중 첫 번째 시련은 이렇다.

　　아이가투스의 첫 번째 차원을 홀로 이겨낼 것.

　아이가투스의 첫 번째 차원을 클리어하러 가야 하기 때문에 몸을 풀어두려는 목적이었다.

＊　　　　＊　　　　＊

　아이가투스의 차원문으로 가는 방법은 생각보다 어렵지 않다.

　차원문에는 '차원의 경계'라는 것이 존재하고 차원문 내에서 각성자들이 움직일 수 있는 범위는 한정되어 있다.

　차원문 내부는 어마어마하게 넓기에 차원의 경계라 불리는 끝에 닿을 일도 없긴 하지만, 어쨌거나 끝은 있다. 그리고 그 끝, 차원의 경계에 닿게 되면 인간은 더 이상 전진할 수 없다.

　하지만 예외가 있으니 가이아의 석판에게서 '퀘스트'를 받은 사람은 차원의 경계를 통과하는 것이 가능하다.

　등급에 상관없이 어떤 차원이든 퀘스트를 받은 이가 차원의 경계를 넘어서면 바로 퀘스트 차원으로 이동하게 된다.

　신혁돈이 받은 퀘스트는 아이가투스의 첫 번째 시련으로써 아이가투스의 첫 번째 차원을 홀로 이겨내는 것이었다.

　그래서 신혁돈은 홀로 레드 홀 F등급의 차원문으로 향했다.

레드 홀 F등급의 차원문으로 들어선 신혁돈은 주변을 살폈다. 평범한 산이 펼쳐져 있었고 괴물의 모습은 보이지 않았다.

주변이 안전한 것을 확인한 신혁돈이 육눈수리 몬스터 폼을 발동시켰다.

걸어서 차원의 경계에 도달하려면 빠르게 움직인다 한들 숲을 가로지르는 이상 이틀은 걸릴 것이었다.

하늘을 날아서 가는 것이 훨씬 효율적이었다.

육눈수리 차원을 클리어하며 정신과 육체 모두 A랭크를 달성하긴 했지만 그 이후로 사용할 틈이 없었기에 육눈수리 몬스터 폼에 익숙해지려는 의도도 있었다.

"끄어억……."

도무지 익숙해지려야 익숙해질 수가 없는 고통이 찾아왔다.

신혁돈은 이를 악물고 버텼고, 이내 여섯 개의 붉은 눈과 새의 거대한 날개. 그리고 날카로운 발톱을 가진 한 마리의 괴수가 되었다.

"깍깍!"

그 모습을 지켜보고 있던 도시락이 신혁돈의 얼굴에 자신의 부리를 비볐다. 자신과 비슷한 모습이 되자 더욱 친근감을 느낀 것이었다.

"후… 세상이 도는군."

두 개의 눈으로 세상을 보다 여섯 개의 눈으로 보려니 별천지가 펼쳐졌다.

가시각이 넓어진 덕에 평소에는 볼 수 없던 각도까지 보였다. 주위를 둘러보면서 시야에 익숙해진 신혁돈은 등에 달린 날개를 움직여보았다. 하지만 세찬 바람만 일 뿐, 몸이 날아오를 기미는 보이지 않았다.

"깍깍."

도시락은 신혁돈을 비웃듯 신혁돈의 주위를 배회하며 깍깍거렸다.

"썩을 놈이……."

자세히 보니 비웃는 것이 아니었다.

마치 어미 새가 자신의 자식에게 나는 법을 알려주듯 바닥에서 걷다가 천천히 날개를 저어 나는 것을 보여주고 있었다.

웃음을 흘린 신혁돈은 자세를 낮춘 채 도시락의 행태를 그대로 따라해 보았다.

도시락은 자신을 따라하는 신혁돈이 대견스럽다는 듯 또다시 깍깍거렸다. 몇 번을 따라 해본 신혁돈은 고개를 저었다.

"이게 아니야."

날개가 생기고 몸이 가벼워졌다지만 일반적인 방법으로는 날 수 없다. 결국 신혁돈은 날개를 접고 산을 걸어 올라가기 시작했다. 산 중턱 정도 올랐을 때 신혁돈은 검은 깃털의 날개를 활짝 폈다. 그러고는 산을 달려 내려가며 날개를 저어댔다.

그러자 거짓말같이 신혁돈의 몸이 떠올랐다.

신혁돈의 입가에 미소가 걸리며 날갯짓을 멈춘 순간.

그대로 추락했다.

쾅!

순식간에 바닥에 꽂힌 신혁돈은 몇 바퀴를 구르고서야 겨우 멈췄다. 보통 사람이라면 고통에 몸부림쳐야 할 상황에 신혁돈은 미소를 지으며 말했다.

"감 잡았다."

신혁돈은 추락을 두려워하지 않고 계속해서 산에서 달려 내려오며 날갯짓을 했다.

한 번… 두 번… 세 번…….

점점 체공시간이 길어졌고, 이내 신혁돈은 하늘에서 방향을 틀고 활강하는 등 어느 정도 자유롭게 움직일 수 있게 되었다.

"도시락."

"까악!"

"가자."

마지막으로 산 중턱에 오른 신혁돈이 힘차게 산을 달려 내려갔다. 그리고 땅을 박찬 순간 신혁돈이 날아오르며 날개를 움직였다.

"됐다!"

*　　　　*　　　　*

한참을 날던 신혁돈의 눈에 이질적인 하늘이 보였다.

바로 앞의 하늘이었지만 마치 아지랑이가 핀 듯 달라 보이는 하늘.

'도착했군.'

신혁돈은 천천히 땅으로 내려서서 몬스터 폼을 해제했다.

그리고 아지랑이가 피어오르는 차원의 경계를 향해 한 발을 내딛었다.

그 순간 마치 차원문에 들어가듯 공기가 액체가 되어 온몸을 감싸는 느낌이 들었다. 묘한 느낌이 사라지며 눈을 뜨자 수많은 메시지가 떠올랐다.

[아이가투스의 첫 번째 차원에 진입했습니다.]

[인류 최초! 차원의 경계를 벗어나 마왕의 차원에 진입했습니다.]

[위대한 업적을 이루었습니다!]

[클리어 시 위대한 보상이 주어집니다.]

신혁돈은 메시지 창을 빠르게 닫고 주변을 살폈다.

축축한 공기와 아무것도 보이지 않는 어둠이 신혁돈을 맞이했다.

사각 사각 사각.

신혁돈은 빠르게 눈을 감았다 뜨며 익숙해지길 기다렸고, 이내 주변 풍경이 눈에 들어왔다.

거대한 암석 동굴이었다.

벽에서는 미세한 빛이 흘러나오고 있었고, 무언가가 벽에 붙어 있었다.

'…저게 뭐야?'

쥐와 비슷한 생김새.

하지만 덩치는 송아지만 하고 코가 길쭉하다.

게다가 눈이 없고 손톱과 발톱이 기형적으로 길었다.

무엇보다 두 발로 서 있다.

'랫맨? 아냐……'

쥐와 인간을 섞어놓은 랫맨과도 비슷했지만 조금 다르다.

쥐보다는 두더지, 마치 두더지와 인간을 섞어놓은 듯했다.

신혁돈이 차분히 괴물을 살피는 사이 괴물들은 긴 손톱을 이용해 땅을 파내고 있었다.

그 순간.

"까악!"

어느새 따라온 도시락이 크게 울었다. 도시락의 울음소리는 메아리가 되어 울렸고, 메아리가 멈추었을 때 마치 벽에서 눈이 돋아나듯 붉은 점들이 사방에서 생겨났다.

어느새 어둠에 익숙해진 신혁돈은 고개를 끄덕이며 말했다.

"눈이 있구나?"

다행이다.

저것들의 힘을 얻고 몬스터 폼을 했을 때 앞을 봐야 싸울 수 있지 않겠는가?

"카아악!"

"키에에에!"

[몰맨이 당신을 적으로 인식했습니다.]
[차원을 클리어하기 전까지 차원을 벗어날 수 없습니다.]
[남은 몰맨의 수 : 427]

마치 회색 파도가 몰려오듯 엄청난 수의 몰맨이 신혁돈을 향해 달려들었다.

신혁돈은 한 걸음도 물러서지 않고 어글리 베어 몬스터 폼을 발동시켰다. 근육이 뒤틀리고 뼈가 어그러지는 과정이 순식간에 끝나자 신혁돈이 포효했다.

"콰우!"

                    *   *   *

"종화 형은 뭐 한대?"

윤태수의 말에 노란 머리, 고준영이 핸드폰을 흔들며 말했다.

"차원문 들어가서 언령인가 뭐시긴가 연습한답니다."

"그 양반도 독종이야."

"형님이 하실 말씀은……."

신혁돈이 차원문에 들어선 지 벌써 사흘이 지났다.

윤태수 또한 신혁돈이 차원문에 들어선 이후 집에도 들어가지 않은 채 사무실에서 숙식을 하며 일을 하고 있었다.

각종 길드의 움직임과 가이아의 석판에 대해 정보를 모으고 모든 것을 정리하는 데만 사흘이 걸린 것이다.

"으어어······."

기지개를 펴던 윤태수의 눈에 신혁돈이 맡기고 간 스마트폰이 눈에 들어왔다.

"이 양반은 어떻게 살았기에 사흘 동안 문자 한 통 안 오냐."

궁금증에 스마트폰을 들어 홀드 버튼을 누르자 기본 화면이 떠올랐다.

"···어플 하나 없네."

기본적으로 깔려 있는 어플을 제외하곤 아무것도 없었다.

심지어 전화번호부엔 윤태수와 백종화, 둘의 번호뿐이었다.

"맙소사······."

이게 현대사회를 살아가는 사람의 스마트폰이란 말인가?

윤태수는 혹시 숨겨진 무언가가 있나 찾아보았지만 정말 아무것도 없었다. 윤태수가 혀를 내두르며 스마트폰을 내려놓은 순간 신혁돈의 휴대폰이 사흘 만에 울렸다.

번호를 본 윤태수는 이 전화가 누구에게 온 것인지 직감할 수 있었다.

윤태수가 전화를 받자 상대가 말했다.

─전에 말씀하셨던 건에 대해서 드릴 말씀이 있습니다.

"예."

─···신혁돈 씨?

"그분 아랫사람입니다. 고정훈 씨 되십니까?"

─예, 그렇습니다만··· 누구십니까?

"그분께서 직접 찾아가겠다고 전해드리라 말씀하셨습니다."

―…….

잠깐의 정적이 흐른 후 고정훈이 말했다.

―알겠습니다.

전화가 끊기자 고준영이 물었다.

"혁돈 형님 핸드폰엔 뭐 없습니까?"

"아무것도 없다."

"에이, 설마."

"부모님 번호도 없어."

심지어 통화 목록도 몇 개 없었다.

"거, 독특한 사람이야."

윤태수는 핸드폰을 내려놓고 창밖을 바라보았다.

"그 양반은 또 괴물 고기 먹고 있으려나……."

＊   ＊   ＊

"쿠어!"

"카아… 칵!"

어글리 베어의 모습을 한 신혁돈이 몰맨의 목을 물어뜯었다. 그와 동시에 양쪽에서 달려드는 몰맨의 머리를 양손으로 쥐어 부숴버렸다.

카드득!

가공할 만한 힘이었지만 몰맨들은 겁먹은 기색 하나 없이 기성을 질러대며 신혁돈을 향해 달려들었다.

신혁돈도 셀 수 없이 많은 몰맨의 파도에도 겁먹지 않고 포효를 내질렀다.

"쿠어어!"

신혁돈은 순식간에 몰맨 사이로 뛰어들어 양팔을 휘둘렀다. 신혁돈의 팔에 휩쓸린 몰맨들은 한 번에 찢겨지며 사방으로 날아갔다.

학살.

사흘간의 전투로 보아 몰맨의 등급은 레드 홀 B에서 A사이.

신혁돈의 공격을 막아낼 수준의 괴물이 아니었다.

학살을 마친 신혁돈은 에르그 기관 섭취를 시작했다. 그제야 주변을 날며 신혁돈을 돕던 도시락 또한 내려와 몰맨의 고기를 뜯었다.

도시락의 크기는 사흘 전보다 거대해져 있었다.

인간이 에르그 에너지로 성장하는 것과 같이 괴물들 또한 에르그 에너지로 성장한다. 코어가 아닌 고기만을 먹고 있긴 했지만 매끼를 몰맨의 고기로 때우다 보니 에르그 에너지가 쌓이고 성장하게 된 것이었다.

"깍!"

처음에는 신혁돈의 어깨에 올려두면 머리보다 조금 위에 있던 녀석이 이제는 신혁돈의 상체보다 커졌다.

떠오른 모든 에르그 코어를 흡수하고 에르그 기관 섭취를 마치자 메시지가 떠올랐다.

[남은 몰맨의 수 : 0]

[전 세계에서 최초로 아이가투스의 첫 번째 차원 1층을 클리어하셨습니다.]

[홀로 1층을 클리어하셨습니다.]

[믿을 수 없는 업적을 달성하셨습니다!]

[위대한 업적을 이루었습니다!]

[클리어 시 믿을 수 없는 보상이 주어집니다.]

보통 때라면 입이 벌어질 만한 메시지였지만 신혁돈의 눈은 '1층'에 꽂혀 있었다.

"크르르……."

말 대신 기분 나쁜 울음을 흘린 신혁돈은 입가에 묻은 피를 털어내곤 주변을 살폈다. 1층이라 했으니 분명 2층으로 갈 수 있는 층계가 있을 것이었다.

신혁돈은 시력에 집중했고, 그 순간 신혁돈의 눈이 몰맨의 그것처럼 붉어지며 동굴 안의 모든 것이 보이기 시작했다. 스피릿 링크가 발동되며 몰맨의 육체가 함께 사용된 것이다.

그와 동시의 주변의 모든 소리가 들려왔다.

극소량의 빛으로 어두운 곳에서도 볼 수 있는 눈과 바늘 떨어지는 소리도 들을 수 있는 청각은 이 어둠 속에서도 신혁돈이 무난히 사냥할 수 있게 해주었다.

[잠식 진행률 : 46%… 47%…]

곧 2층으로 향하는 층계를 발견한 신혁돈은 몬스터 폼을 해제했다. 그러고는 동굴 벽에 기대 어깨를 주무르고 있자 도시락이 다가와 신혁돈의 옆에 앉았다.

그러고는 꾸벅거리며 졸기 시작했다.

여섯 개의 눈과 흉측한 부리. 거대한 날개와 발톱은 징그럽고 무섭기 그지없었으나 신혁돈의 눈에는 귀여운 새일 뿐이었다. 도시락의 머리를 몇 번 쓸어준 신혁돈은 잠식이 끝날 때까지 기다렸다가 일어나며 말했다.

"가자."

도시락은 여섯 개의 눈을 동시에 뜨며 깍! 하고 울고서는 신혁돈의 어깨에 올라오려 했다. 하지만 발을 둘 곳이 적당치 않자 날개를 접고 신혁돈의 옆에서 걷는 것을 택했다.

"…새대가리 놈."

*   *   *

[아이가투스의 첫 번째 차원에 2층에 진입하셨습니다.]

[몰맨들이 당신이 몸에 배여 있는 동족의 피를 맡았습니다.]

[몰맨의 분노가 느껴집니다!]

[몰맨의 공적! 당신을 본 몰맨들의 공격력이 10% 상승하고, 방어력이 10% 감소합니다.]

[남은 몰맨의 수 : 741]

"허……"

2층에 들어서자 마치 기다리고 있었다는 듯 수없이 많은 몰맨이 나타났다. 1층에 있던 것들과는 질적으로 다르다.

키는 물론, 발톱과 이빨의 크기부터가 달랐다.

"…몰맨 전사 정도 되려나."

"깍!"

느껴지는 기세만으로도 레드 홀 A등급 중에서도 최상위에 랭크되어 있는 괴물 같았다.

그런 게 741마리라니.

"보상이 기대되네."

"깍깍!"

"시끄러 인마."

"까아악……"

헛웃음을 흘린 신혁돈은 어글리 베어 폼을 발동시켰다. 그와 동시에 몰맨 전사들이 신혁돈을 향해 달려들었다.

사흘.

신혁돈이 741마리의 몰맨 전사를 처리하는 데 걸린 시간이었다.

"혁… 혁……"

신혁돈 또한 멀쩡하진 않았다. 입고 왔던 트레이닝복은 넝마가 되어 벗어 던진 지 오래였고, 윤태수가 주었던 워해머 또한 어디선가 잃어버렸다.

온몸에 흐르고 있는 피는 자신의 것인지, 몰맨의 것인지 분간할 수도 없었고 시간의 흐름조차 인지할 수 없었다.

"꺅!"

어느새 신혁돈의 허리까지 오는 덩치가 된 육눈수리는 홀로 몰맨 전사를 상대할 정도로 강해졌다.

부리와 발톱을 이용해 단박에 상대를 찢어버리는 공격은 어지간한 각성자라도 버틸 수 없을 정도로 날카로웠다.

[남은 몰맨의 수 : 0]
[전 세계에서 최초로 아이가투스의 첫 번째 차……]

2층 클리어와 동시에 떠오르는 메시지를 치워버린 신혁돈은 시체들 사이에 드러누웠다. 그러자 마지막 메시지가 떠올랐다.

[남은 몬스터 : 첫 번째 차원지기]

마지막 메시지창까지 치워버린 신혁돈은 몬스터 폼을 해제하며 눈을 감았다. 일단은 휴식이 우선이다.

차원지기.

일반적인 차원에 차원석을 지키는 보스 몬스터가 있다면 마왕의 이름이 붙은 차원, 예컨대 아이가투스의 차원 같은 경우에는 차원지기가 있다. 이들은 마왕의 권능을 그대로 이어받아 사용하기에 그만큼 강력하다.

대신 주는 보상 또한 엄청나다.

100% 무구가 나온다.

등급 또한 무조건 레어 이상, 즉 유니크 등급 이상의 무구를 노려볼 수 있었다. 게다가 에르그 코어 대신 일반 차원에서는 얻을 수 없는 '차원지기의 코어'를 얻을 수 있다.

차원지기의 코어는 섭취하는 순간 어마어마한 양의 에르그 에너지를 얻을 수 있는 일종의 비약으로 에르그 코어와 다르게 차원문 밖으로 들고 나갈 수 있다.

윤태수와 백종화를 단번에 강하게 만들어줄 수 있는 아이템.

신혁돈 자신이 섭취하는 것도 나쁘진 않다.

하지만 1,000에 50을 더하는 것과 100에 50을 더하는 것은 엄청난 차이가 있듯 차원지기의 코어는 신혁돈보다 윤태수와 백종화에게 효과적인 비약이다.

"웃차."

잠식이 모두 사라지자 신혁돈이 자리에서 일어났다.

"어떤 놈이려나⋯⋯."

층계가 끝나는 지점.

어지간한 축구장만 한 공간이 펼쳐졌고, 공동의 정중앙에 있는 검은 덩어리가 신혁돈을 맞이했다.

오랜만에 날개를 펼치고 날 수 있는 공간을 만난 도시락이 날개를 활짝 펴고 날아올랐다.

"까악!"

그리고 도시락의 기성을 들은 덩어리가 꿈틀거리며 몸을 일으켰다.

'몰맨이군.'

키가 3m가 넘고 양손에 들고 있는 시미터만 제외한다면 몰맨과 같았다. 차원지기는 칵칵거리는 울음을 흘리고 붉은 눈을 번뜩였고, 신혁돈은 어글리 베어 몬스터 폼을 발동시켰다.

챙! 챙!

두 개의 시미터를 허공에서 부딪히자 불똥이 튀었고 그 순간 신혁돈과 차원지기가 서로를 향해 달려들었다.

쾅!

바닥을 박차고 달려 나간 신혁돈이 차원지기의 코앞에 다달은 순간 두 개의 시미터가 양쪽에서 신혁돈을 노리고 베어왔다. 신혁돈은 그대로 바닥을 굴러 시미터를 피한 뒤 차원지기의 복부를 올려쳤다.

뻑!

"꾹!"

고통을 참는 신음과 함께 차원지기가 뒤로 물러섰고 신혁돈은 선공을 성공시킨 이점을 놓치지 않고 계속해서 공격을 퍼부었다.

두 자루의 시미터를 들고 있지만 놈의 덩치가 워낙 큰 만큼 놈만큼 무기도 거대했다. 그렇기에 근접 공격에 약할 것이라는 신혁돈의 예상은 적중했다.

쾅! 쾅! 쾅!

마치 망치로 가죽 북을 두드리는 듯한 소리가 울렸다.

"쿠에!"

수세에 몰린 차원지기는 기성을 길게 지르며 시미터를 집어던졌다. 그러고는 날카로운 손톱을 휘둘렀다.

신혁돈은 간단히 피하며 집요하게 복부를 노렸다.

때린 곳을 또 때리고, 다른 곳을 막느라 벌어지면 손톱을 이용해 긴 상처를 냈다.

"칵!"

후웅!

순간 위협적으로 휘둘러진 손톱을 피한 신혁돈이 뒤로 도약했다.

'위험했다.'

차원지기의 손톱 끝에라도 걸리면 그대로 썰릴 것이었다.

단 한 번의 도약으로 거리를 벌린 신혁돈은 심호흡을 하며 차원지기를 바라보았다. 차원지기 또한 쉽게 볼 상대가 아니라는 것을 깨달았는지 거친 숨을 내쉬며 자세를 낮추었다.

그 순간 차원지기는 공격을 당한 가슴이 욱신거리는 것을 느꼈다. 욱신거림은 조금씩 커졌고 순식간에 얼굴이 찌푸려질 정도의 고통이 시작되었다.

신혁돈의 고통스러운 상처가 발동된 것이다.

차원지기의 미간이 찌푸려지며 시야가 좁아진 순간.

다시 한 번 신혁돈이 날아들었다.

차원지기는 몸을 웅크리며 본능적으로 복부를 가렸다.

'멍청한 자식.'

마치 공벌레처럼 몸을 웅크린 차원지기의 머리 위로 신혁돈이 날아올랐다. 차원지기가 이상한 것을 깨닫고 고개를 들었을 때, 신혁돈의 거대한 발이 차원지기의 머리를 내려찍었다.

쿵!

"껙……."

붉디붉은 차원지기의 눈동자가 초점을 잃었고 신혁돈은 허공에서 한 바퀴를 더 돌며 차원지기의 머리를 돌려 찼다.

쾅!

쿠엉!

단 두 방.

차원지기가 쓰러졌다.

신혁돈은 거기서 멈추지 않고 차원지기의 머리로 다가가 확인 사살을 마쳤다. 그러자 차원지기의 몸에서 어린 아이의 주먹만 한 차원지기의 코어 하나와 가이아의 석판. 그리고 검은 망토 하나가 떠올랐다.

[아이가투스의 첫 번째 차원을 완벽히, 그것도 홀로 클리어 하셨습니다!]

[위대함을 뛰어넘은 믿을 수 없는 업적을 달성하셨습니다.]

[특혜가 주어집니다.]

[보상이 주어집니다.]

그 후로도 보상을 치하하는 메시지가 끝없이 올라갔다.

하지만 신혁돈은 메시지에는 시선도 주지 않은 채 검은 망토를 향해 손을 뻗었다.

아이가투스의 눈속임 망토 [Unique]

―감각의 마왕 아이가투스의 힘이 깃든 망토입니다.

―착용 시 사용자의 몸에 맞추어 크기가 변화합니다.

―착용 시 24시간에 한 번 '눈속임'을 사용할 수 있습니다.

―'눈속임'은 지정한 대상의 시각을 1초간 차단합니다.

―오감과 에르그 에너지를 조금 더 명확하게 느낄 수 있습니다.

―아이가투스의 힘이 깃든 무구를 모으는 것으로 성장 가능합니다.

―현재 성장 단계 : 1/11

―성장 한계치 : 알 수 없음

보상이 증가될 것이란 메시지가 지겹도록 들은 보람이 있었다.

"엄청나네."

전 세계를 통틀어서도 100개가 되지 않는 유니크 등급의 무구가 나왔다.

다른 효과보다 '눈속임'이 엄청난 메리트로 다가왔다.

1초도 아닌 1/10초 차이로 승패가 갈리는 것이 괴물과의 싸움이었다. 단 1초라도 상대의 시각을 빼앗을 수 있다면 승부의 판도를 단박에 뒤집을 수 있었다.

만족스러운 미소를 지은 신혁돈은 차원지기의 코어 또한 챙긴 뒤 차원지기의 에르그 기관을 흡수했다.

[몰맨]
―몰맨의 육체 (Rank F, Rare, Active)
―몰맨의 정신 (Rank F, Rare, Passive)
분배 가능 포인트 : 1,268

총 1,168마리의 몰맨과 차원지기의 에르그 기관을 섭취한 결과 1,268포인트라는 말도 안 되는 포인트를 쌓을 수 있었다.

육체와 정신을 모두 A랭크로 만들고도 268포인트가 남았다.

'진화를 시키면… 어마어마하겠군.'

[몰맨의 스킬을 마스터하셨습니다. 남은 포인트로 스킬을 진화 시키시겠습니까?]

[진화된 몰맨]
―진화된 몰맨의 육체 (Rank S+, Rare+, Active)
진화를 통해 더욱 정교한 몬스터 폼이 가능해집니다.
인간 폼으로도 더 다양한 몰맨의 육체를 소화할 수 있습니다.
―진화된 몰맨의 정신 (Rank S+, Rare+, Passive)
진화를 통해 더욱 견고한 정신을 얻게 됩니다.

잠식의 속도가 저하됩니다.

S+등급!

A+등급을 넘어선 새로운 등급이었다.

'몰맨이라……'

몰맨은 특수한 상황에서 엄청난 힘을 발휘하지, 전면전에서 힘을 발휘하는 괴물은 아니었다. 물론 날카롭고 기다란 손발톱은 어느 때라도 도움이 되긴 할 것이었다.

효과를 살피던 신혁돈은 '더 다양한 몰맨의 육체'라는 설명에 집중했다.

"흠……"

신혁돈은 몬스터 폼을 해체한 채로 몰맨 인간 폼을 발동시키며 손톱에 집중해 보았다. 그러자 신혁돈의 손톱이 죽 길어지며 마치 얇은 검과 비슷한 모양새가 되었다.

"이건 쓸 만하겠네."

다른 손가락으로 한 번 튕겨보자 팅하고 금속 울리는 소리와 함께 반발력이 느껴졌다.

'강도도 좋고.'

정리를 마친 신혁돈은 차원석을 부수었다. 그러자 에르그 코어가 떠올랐고, 신혁돈이 손을 뻗자 가이아의 목소리로 변했다.

감각의 마왕. 아이가투스에게 도전하기 위해서는 11번의 시련을 이겨내야 한다.

그중 두 번째 시련은 이렇다.

아이가투스의 두 번째 차원에서 336시간 동안 생존할 것.

336시간이면 14일. 2주일의 시간이다.

"생존이라……."

어떤 시련일지 감조차 잡히지 않았다.

하지만 신혁돈은 깊이 생각하지 않고 차원문을 나섰다.

어차피 아무도 모르는 정보.

몸으로 부딪히는 수밖에 없었다.

＊　　　　　＊　　　　　＊

오랜만에 보는 햇빛이 반가울 법도 했건만 눈을 뜰 수조차 없었다. 잔뜩 찌푸린 신혁돈은 햇빛에 눈이 적응할 때까지 눈을 감고 있었다. 그러자 주변의 모든 소리와 냄새, 공기의 흐름까지 피부로 느껴졌다.

'돌겠군.'

1초도 쉬지 않고 유입되는 새로운 정보에 신혁돈은 그대로 드러누웠다. 주변에서 웅성거리는 소리가 들리긴 했지만 머리가 지끈거려 참을 수 없었다.

아프다기보다는 짜증이 솟구치는 종류의 고통.

─오감과 에르그 에너지를 조금 더 명확하게 느낄 수 있습니다.

눈속임 망토의 효과가 떠올랐다.

당장에라도 눈속임 망토를 벗어 던져버리고 싶었지만 신혁돈은 인내했다. 인간의 감각은 새로운 반응에 금방 익숙해지기 때문에 조금만 참으면 될 것이었다.

고통이 조금씩 사그라지자 신혁돈은 천천히 눈을 떠보았다. 여전히 눈이 시릴 정도의 빛이었지만 어느 정도 버틸 만했다.

'현우건설.'

거의 1㎞는 떨어져 있는 간판의 글자가 술술 읽혔다.

어디선가 돌아다니고 있는 차의 엔진 소리 또한 바로 옆을 지나가는 듯 생생히 들려왔다.

긴 숨을 들이쉬자 온갖 향기가 후각을 자극했다.

"신세계네. 이게 1단계라……."

눈속임 망토는 11단계까지 성장이 가능했다. 잠시 11단계를 상상해 보던 신혁돈은 고개를 저었다. 그의 상식선으로는 이것보다 발달한 감각이 어떤 효과를 낼지 상상이 되지 않았기 때문이었다.

증가된 감각에 어느 정도 익숙해진 신혁돈은 레드 홀 바깥으로 나와 택시를 잡았다.

사방에서 들려오는 소리에 신혁돈은 눈을 감고 차 시트에 기댔다. 싸우는 소리, 회의하는 소리, 밥 먹는 소리… 그리고 어떤 여자의 비명 소리.

그러려니 하고 넘어가려던 신혁돈의 미간이 찌푸려졌다.

"여기 세워주십쇼."

"예."

택시에서 내린 신혁돈은 혼잣말을 중얼거렸다.

"내가… 어지간하면 그냥 넘어가겠는데……."

그러고는 골목길로 들어가며 나머지 말을 이었다.

"강간은 아니지."

골목길로 들어가자 수많은 빌라가 나타났고 신혁돈은 청각에 집중하며 비명의 위치를 탐색했다.

'저긴가.'

소리의 근원지에 도착한 신혁돈이 말했다.

"어이, 강간범."

강간범은 얼마나 급했는지 버클과 지퍼만 푼 채로 흉물을 덜렁거리고 있었다. 강간범의 시선이 신혁돈에게로 향한 순간 신혁돈은 생각할 것도 없이 강간범을 발로 걷어찼다. 순식간에 나동그라진 강간범은 벌떡 일어서며 신혁돈을 향해 소리쳤다.

"너… 씨발, 내가 누군 줄 알아!"

"강간 현행범이겠지, 아랫도리의 숙주 같은 새끼야."

어느새 강간범의 손에는 버터플라이 나이프가 쥐어져 있었다. 신혁돈은 새로 얻은 몰맨 인간 폼을 사용했다.

그러자 신혁돈의 손톱이 마치 얇은 검처럼 자라났다.

"각성자?"

강간범의 표정이 일그러진 순간 신혁돈의 손이 눈에 보이지 않는 속도로 움직여 버터플라이 나이프를 쳐냈다.

팅!

버터플라이 나이프가 바닥에 떨어짐과 동시에 신혁돈의 발이 강간범의 손목을 차올렸다.

뚝!

"억!"

맞는 소리도 없이 강간범의 손목이 기형적인 방향으로 꺾였다.

강간범이 손목을 쥐며 쓰러진 순간 신혁돈의 머리 위로 검은 그림자가 드리워졌고, 그림자를 만든 것의 정체를 확인한 강간범의 눈동자에는 공포가 내려앉았다.

"까악!"

"으어… 으어! 뭐… 괴물이다!"

"꺄아아!"

신혁돈의 무위에 살았다는 표정을 짓고 있던 여자조차 도시락을 보는 순간 비명을 지르며 뒷걸음질을 쳤다.

"새대가리, 너 누가 내려오… 아니다, 잘 왔다."

도시락을 타박하려던 신혁돈은 강간범의 다리 사이에서 아직까지 덜렁거리고 있는 것을 손가락으로 가리키며 말했다.

"뜯어."

"꺅?"

도시락은 마음에 들지 않는다는 듯 부리를 좌우로 흔들었지만 신혁돈이 눈을 부라리자 어쩔 수 없이 강간범을 향해 걸어갔다.

"저리가! 으아! 으아아!"

날개를 접고 땅으로 내려오긴 했지만 키가 170㎝가 넘는 육눈수리는 일반인의 혼을 쏙 빼놓기엔 충분했다.

콰득.

"끄… 윽."

"다시 올라가."

"깍."

눈을 뒤집고 기절해버린 강간범을 만족스러운 미소를 지으며 바라본 신혁돈은 여자를 바라보았다.

"안 가?"

"예?"

"뭐, 집까지 바래다주길 바라?"

"아… 아녜요. 감사합니다."

여자는 허리를 90도로 숙여 인사한 뒤 도망치듯 사라졌다.

＊　　　　＊　　　　＊

"형님, 오셨습… 으어!"

신혁돈의 모습을 보고 인사하려던 고준영은 뒤따라 들어오는 도시락을 보고서 기겁을 하며 넘어졌다.

"뭐… 뭡니까, 그거!"

"도시락."

"6일 만에 어… 어마어마하게 컸는데요."

"성장기인가 보지."

신혁돈이 대충 대답하며 소파에 앉자 도시락은 자신의 지정석으로 날아가기 위해 날개를 활짝 폈다.

그 순간.

와장창!

쿵!

사무실의 입구에 있던 창문이 깨지고 캐비닛이 넘어갔다.

"저 새대가리 놈이… 앉아!"

"까악."

도시락 또한 자신이 잘못했다는 걸 아는지 조용히 빈 곳에 앉아 딴청을 피우며 깃털을 다듬었다.

한편의 촌극을 본 윤태수는 관자놀이를 주무르며 신혁돈의 앞에 앉았고, 신혁돈이 입을 열었다.

"별일 없었어?"

"그동안은 별일 없었는데… 형님이 오자마자 생긴 것 같습니다."

"흰소리 말고."

윤태수는 도시락을 바라보며 혀를 한 번 찬 뒤 말을 받았다.

"사흘 전에 고정훈이라는 사람한테 전화 왔고, 형님이 말씀하신 대로 전했습니다. 형님은 가셨던 일… 잘 끝내신 것 같습니다."

변하지 않는 삼선 트레이닝 복위에 걸쳐진 검은 망토는 그냥 봐도 예사 물건이 아니었다. 그리고 육눈수리의 성장 또한 일이 잘 끝냈다는 것의 방증이나 다름없었다.

"쟨 뭘 먹고 저렇게 컸습니까? 그건 그렇다 치고 저대로 돌아다니면 관리국에서 거품 물고 쫓아올 거 같은데 말입니다."

"그때 처리하면 돼."

윤태수는 긴 한숨을 내쉬었다.

"어째 형님은 일을 벌인 장본인보다 주변 사람들이 더 전전긍긍하게 만드는 능력이 있으십니다."

"하루 이틀인가."

맞는 말이라 윤태수는 고개를 끄덕일 수밖에 없었다.

"그 망토는 뭡니까?"

"유니크."

"…예?"

"그리고 약속한 거."

윤태수가 유니크라는 말에 놀란 가슴을 진정시킬 새도 없이 신혁돈이 주머니에서 차원지기의 코어를 꺼냈다.

차원지기의 코어가 윤태수의 손에 올라온 순간.

윤태수의 눈이 믿을 수 없을 만큼 커다래졌다.

"맙소사… 이게 뭡니까?"

"약속한 거라고."

적어도 레드 홀 C등급의 차원석을 부수면 나오는 에르그 코어와 맞먹는 양의 에르그 에너지가 축적되어 있었다.

어지간한 2~3등급의 각성자라면 등급을 한 단계 뛰어넘을 수 있을 정도의 양.

'이걸 팔면……'

적어도 윤태수와 떨거지들이 평생 떵떵거리며 먹고살 수 있는 돈이 나올 것이었다.

'돈이 문제가 아니지.'

출처를 알길 원하는 이들이 눈에 불을 켜고 자신을 찾을 것이고 결국 윤태수를 찾아낼 것이었다.

그다음은…….

팔 생각을 접은 윤태수는 고개를 휘휘 저으며 신혁돈에게 말했다.

"제가… 가져도 되는 물건입니까?"

"양아치냐?"

"예?"

"나눠 먹어."

신혁돈의 눈이 세 떨거지들에게로 향했다.

순간 떨거지들의 눈에 불신이 생겨나며 윤태수의 뒤통수로 향했다.

그제야 말뜻을 이해한 윤태수가 고개를 끄덕였다.

"저를 뭘로 보시고… 당연히 나눠 먹지 않겠습니까."

"오냐."

"이 한 몸 닳아 없어질 정도로 열심히 보필하겠습니다."

신혁돈은 듣는 둥 마는 둥 손을 휘휘 저으며 말했다.

"핸드폰 줘봐."

핸드폰을 건네받은 신혁돈은 고정훈에게 전화를 걸었다.

―예.

"만나지."

―…알겠습니다.

한 마디를 하고선 전화를 끊은 신혁돈이 자리에서 일어서며 말했다.

"차 한 대만 알아봐라."

"어떤 차 말입니까?"

"나 탈 거. SUV로."

"알겠습니다."

말을 마친 신혁돈이 사무실을 나서자 앉은 채로 졸고 있던 도시락이 신혁돈의 뒤를 따라 부랴부랴 움직였다.

*　　　　　*　　　　　*

전에 고정훈을 보았던 고급 한정식 집에 도착했다. 전의 그 방으로 안내받아 들어가자 앉아 있던 고정훈이 일어서며 인사했다.

"오셨습니까."

태도가 완벽히 달라져 있었다.

고개를 끄덕인 신혁돈이 자리에 앉으며 말했다.

"생각은 정했나?"

"예."

고정훈은 뒷말을 바로 잇지 않고 물을 한 잔 마셨다. 신혁돈은 차분히 기다렸고, 물 한 잔을 비운 고정훈이 말을 이었다.

"제가 어떻게 하면 되겠습니까?"

신혁돈은 아무런 표정 변화 없이 답했다.

"어디까지 할 수 있는데?"

"…예?"

"말 그대로, 어디까지 할 수 있냐고."

대답 없이 신혁돈의 눈을 바라보던 고정훈이 침을 꿀꺽 삼키고 말했다.

"…무엇이든 할 수 있습니다."

"네가 죽는다 해도?"

신혁돈의 말이 끝나는 순간 고정훈의 눈이 흔들렸다.

"그건 아니군. 그럼?"

"…먹고살 수만 있다면 만족하겠습니다."

신혁돈이 검지로 테이블을 톡톡 두들겼다.

"너 살자고 인생 망치고 죽은 사람이 몇인데, 자기는 잘 먹고 잘 살겠다라… 이 시대가 원하는 훌륭한 인간상이네."

고정훈은 말없이 고개를 숙였다.

"그래, 너나 나나 인간성 따질 놈들은 아니지."

톡톡톡.

더 이상 말하지 않고 테이블을 두들기던 신혁돈의 손가락이 멈춘 순간.

"가족이 있나?"

"와이프와 아들 하나 있습니다."

"외국으로 나가야겠네."

"예."

"먹고살 자금도 필요하고."

"돈은 충분합니다."

고정훈의 복수 동기 따위는 신혁돈이 알 바가 아니었다. 그간 이용을 당하며 쌓인 것들을 알고 있다고 한들 이해를 할 필요도 없다. 그렇기에 신혁돈은 더 이상 묻지 않았다.

"증거."

"예?"

"여기 왔다는 건 최태성을 무너뜨릴 증거가 있다는 뜻 아니야? 네가 터뜨릴 순 없고 대신 터뜨려줄 사람이 필요한 증거."

고정훈은 천천히 고개를 끄덕이며 말했다.

"출국 당일… 알려드리겠습니다."

"언젠데?"

"모레입니다."

신혁돈의 손가락이 다시 한 번 테이블을 두들기기 시작했다.

신혁돈이 차원문에 들어갔던 기간은 엿새.

고정훈이 고민한 기간은 사흘. 그리고 신혁돈을 기다렸던 여유기간 사흘.

한데 모레 출국을 한다?

어디로 갈지, 어떤 루트로 갈지를 미리 정해놓았다는 뜻이고 증거를 전해주는 방법 또한 정해졌다는 뜻과 다름없었다.

'잘못하면 엿 먹을 수도 있겠군.'

생각보다 고정훈이 겁쟁이라면?

그래서 최태성에게 모든 일을 말했고 그가 반격을 준비하고 있다면?

테이블을 두드리던 신혁돈의 손가락이 빨라졌다.

신혁돈의 손가락이 딱 멈춘 순간. 신혁돈이 핸드폰을 들고 어디론가 전화를 걸었다. 갑작스러운 신혁돈의 행동에 당황할 새도 없이 신혁돈이 말했다.

"야, 노트북 한 대 가지고 와라."

—예.

주소를 불러준 신혁돈은 아무런 설명 없이 고정훈을 바라보았다. 결국 답답해진 고정훈이 신혁돈에게 물었다.

"노트북은 왜……."

"그 증거, 지금 받을 거거든."

"…예?"

"머릿속에 시나리오 하나가 떠올라서 말이지."

"저를 못 믿으시는 겁니까?"

신혁돈이 헛웃음을 흘리며 말했다.

"넌 나 믿냐?"

제2장

복수는 차갑게
그리고 천천히!!

"……."

고정훈은 대답 없이 신혁돈의 눈을 바라보았다.

믿음이라는 단어는 배신자와 배신을 하게 만든 사람 사이에 어울리지 않는 단어였다.

얼마 지나지 않아 가방 하나를 멘 윤태수가 방으로 들어오며 신혁돈에게 고개를 숙였다.

"왔냐."

"네."

"그럼 일어나지."

신혁돈이 자리에서 일어섰지만 고정훈은 입술을 굳게 다문 채 자리에서 일어서지 않았다.

"뭐해?"

"…못 드립니다."

"왜?"

"저도 못 믿습니다."

신혁돈은 그럴 줄 알았다는 듯 고개를 끄덕인 뒤 주머니에서 볼펜 하나를 꺼냈다.

고정훈의 시선이 볼펜으로 향한 순간, 신혁돈이 볼펜의 뒤를 딸깍였다.

"증거."

"예?"

"여기 왔다는 건 최태성을 무너뜨릴 증거가 있다는 뜻 아니야? 네가 터뜨릴 순 없고 대신 터뜨려줄 사람이 필요한 증거."

"출국 당일… 알려드리겠습니다."

신혁돈과 고정훈의 목소리가 볼펜의 모습을 한 휴대용 녹음기에서 흘러나왔다.

고정훈의 표정이 똥이라도 씹은 듯 일그러졌고 윤태수는 신혁돈의 손에 들린 녹음기를 바라보았다.

'저걸 언제 가져간 거야?'

자신의 사무실에 있던 휴대용 녹음기였다. 신혁돈이 녹음기를 샀을 리는 없으니 사무실에서 가져온 것일 텐데… 없어진 줄도 모르고 있었다.

"이걸 최태성한테 보내면 어떻게 될까?"

고정훈은 뼈 소리가 나도록 주먹을 쥐었다. 그러고는 자리에서 일어서며 말했다.

"…가시죠."

고정훈이 먼저 방을 나서고 신혁돈과 윤태수가 그 뒤를 따랐다. 조용히 신혁돈의 뒤를 따르던 윤태수가 말했다.

"녹음기는 언제 챙긴 겁니까?"

"전에 보니까 좋아 보이더라고."

"…그건 그렇고 무슨 일입니까?"

"보면 알아."

말로 설명하자니 길다.

어차피 USB를 확인하는 것은 윤태수의 몫. 가만히 기다리면 자연스레 알게 될 것이다.

다시 물어도 대답해주지 않을 것을 아는 윤태수는 고개를 끄덕이고선 고정훈의 뒤를 따랐다.

"전당포?"

고정훈이 향한 곳은 전당포였다.

고정훈은 대답하지 않고 계단을 올랐고 신혁돈과 윤태수 또한 그의 뒤를 따랐다.

잠깐 사이 카메라 하나를 찾아온 고정훈은 카메라의 배터리 부분을 분해해 USB 하나를 꺼냈다.

"원본입니다."

신혁돈은 USB를 받아 윤태수에게 건넸다. 윤태수는 그대로 건물의 계단에 앉아 USB를 노트북에 꽂았다.

"사본은 가지고 있나?"

"…있어야 합니까?"

"그래야 편하지 않겠어?"

고정훈은 말의 진위를 파악하려는 듯 신혁돈의 눈을 뚫어져라 쳐다보았다.

하지만 무슨 생각을 하고 있는지 도무지 알 수가 없었다. 결국 눈을 돌린 고정훈이 말했다.

"알아서 하겠습니다."

"그래."

말을 나누는 사이 윤태수의 표정은 점점 심각해졌다.

몇 개의 영상과 사진 파일, 그리고 문서로 이루어진 USB에는 최태성의 명령으로 고정훈이 자행한 범죄에 대한 기록이 있었다.

"맙소사."

윤태수는 손바닥으로 입 주변을 문지르며 파일을 스캔했다. 잠깐 사이 모든 파일을 훑은 윤태수가 신혁돈을 바라보며 말했다.

"이거… 진짭니다."

신혁돈은 만족스러운 미소를 지으며 고정훈에게 손을 내밀었다. 고정훈은 악수를 받지 않고 몸을 돌려 계단을 내려갔다.

신혁돈은 멀어지는 그의 뒤통수를 향해 소리쳤다.

"멀리 도망가라."

그때까지도 충격에 빠져 있던 윤태수는 노트북을 닫고 USB를 뽑아 신혁돈에게 건네며 물었다.

"복수해야 한다는 사람이… 마이더스의 최태성이었습니까?"

"맞아."

"그래서 그때……."

고기집에서 있었던 일이 윤태수의 머릿속에 스쳤다.

그냥 성격이 더러운 줄 알았는데 나름의 이유가 있었구나.

어느새 신혁돈은 전당포 계단을 내려가 윤태수의 차로 향했다.

운전석에 앉은 윤태수는 노트북을 뒤로 던지며 말했다.

"어디로 갑니까?"

"사무실."

"예."

신혁돈은 창밖으로 시선을 던졌고 윤태수는 조용히 운전을 하다 룸미러를 통해 신혁돈을 바라보았다.

그가 깨어 있는 것을 확인한 윤태수가 말했다.

"형님."

"오냐."

"그… USB 어떻게 사용하실 겁니까?"

"그걸 왜 나한테 물어?"

"예?"

윤태수는 운전하고 있다는 것조차 잊고 신혁돈을 보았다.

"앞."

"아, 예."

윤태수가 다시 시선을 앞으로 돌리자 신혁돈이 말했다.

"돕겠다며."

"그랬죠."

"그럼 네가 생각해야지."

"…바로 터뜨리는 거 아니었습니까?"

신혁돈이 짧은 한 숨을 쉰 뒤 대답했다.

"빼먹을 수 있는 거 다 빼먹고 터뜨려야지. 정보 밥 먹고 산다는 놈이 생각이 없네."

"아니, 복수라고 하셨으니 빠르게 가실 줄 알았지 말입니다."

신혁돈은 카 시트를 뒤로 젖히며 말했다.

"복수는 차갑게, 그리고 천천히."

빨간 불에 걸린 윤태수는 신혁돈이 한 말을 곱씹어보았다.

'복수는 차갑게, 그리고 천천히라……'

*   *   *

윤태수의 차가 사무실 앞에 도착하기 무섭게 윤태수의 머리 위로 그림자가 날아들었다. 윤태수의 머리가 창밖으로 나온 순간.

"깍."

부드럽게 착지한 도시락은 신혁돈과 윤태수보다 먼저 사무실 계단을 올랐다. 뒤뚱거리는 뒷모습을 바라본 윤태수는 헛웃음을 흘리곤 신혁돈을 깨웠다.

"형님, 도착했습니다."

"그래."

계단을 올라 미래 흥신소에 들어서자 노란 머리 고준영이 자리에서 일어서며 파일을 건넸다.

"태수 형님, 전에 말씀하셨던 거 찾았습니다."

윤태수는 파일을 받아들며 자리에 섰고 신혁돈은 지정석과 비슷해진 소파에 기대어 앉았다. 파일을 보고 컴퓨터를 두드리던 윤태수는 신혁돈의 앞에 앉으며 입을 열었다.

"바벨토의 목걸이, 찾았습니다."

"어디 있는데?"

"더 가드가 2개월 전 가져갔고, 그 이후로 반출된 기록이 없는 걸 보아서는 아마 길드 아이템 창고에서 썩고 있을 것 같습니다."

신혁돈은 천천히 고개를 끄덕인 뒤 어디론가 전화를 걸었다.

―간수호입니다.

"신혁돈입니다."

―아, 예, 혁돈 씨. 오랜만입니다. 어쩐 일이십니까?

"제가 필요한 아이템 하나가 더 가드에 있다는 소리를 들어서 말입니다."

―예? 예.

"거래하죠."

서울의 빌딩숲에 위치한 더 가드 본사 자신의 책상에 앉아 있던 간수호의 눈이 동그래졌다. 신혁돈이 한 말을 천천히 곱씹어

본 간수호가 간신히 대답했다.

"그러니까… 혁돈 씨에게 필요한 아이템을 더 가드가 소지하고 있다 이겁니까?"

—예.

"그것을 위해 합당한 대가를 주시겠다는 거고요?"

—그거죠.

"그게 뭡니까?"

—바벨토의 목걸이라고 아마 안산 아이템 보관소에 있을 겁니다.

"아… 예, 잠시만 기다려주십쇼."

최대한 놀라지 않은 척 덤덤히 대답한 간수호는 전화기를 무음으로 돌린 뒤 긴 한숨을 내쉬었다.

"어떻게 알지?"

안산에 아이템 보관소가 있다는 것은 길드 내에서도 아는 사람이 몇 안 되는 비밀 중 하나였다. 그뿐만 아니라 아이템 보관소 내의 무엇이 보관되고 있는지 까지 알고 있다니?

미간을 찌푸린 간수호가 회사 내부용 전화기를 들고 아이템 관리팀에 전화를 걸었다.

"바벨토의 목걸이라고 있습니까?"

관리팀은 잠시 후에 대답했다.

—안산 아이템 보관소에 있습니다. 등급은 레어, 효과는 사용자의 기척을 감춰주는 은밀한 움직임 1레벨이 붙어 있습니다.

"반출 가능 합니까?"

―예.

"예, 감사합니다."

아이템 관리 팀과의 전화를 끊은 간수호의 미간 골이 더욱 깊어졌다.

'이걸 왜?'

능력만 들어서는 신혁돈이 원할 만한 아이템이 아니다. 그렇다는 것은 숨겨진 게 있다는 소리.

간수호가 핸드폰의 무음을 풀며 말했다.

"아, 죄송합니다. 처리가 오래 걸려서 말입니다."

―있습니까?

"예, 있긴 하네요. 그런데… 어떻게 아셨습니까?"

―그게 중요합니까?

"중요하죠. 정보가 새어 나간 거니까요. 어디서 새어 나갔는지를 알아야 하지 않겠습니까?"

전화상으로 신혁돈이 피식 웃음을 흘리는 소리가 들렸다.

―더 가드가 무능해서 정보가 샌 게 아닙니다.

"…그럼요?"

―제가 유능한 거죠.

할 말을 잃은 간수호는 혀를 찼다.

잠깐의 침묵 후 간수호가 물었다.

"그렇다 치고, 이런 아이템을 왜 원하시는 겁니까?"

―이유를 말해줄 필요는 없지 않습니까?

거래를 먼저 제시한 쪽은 신혁돈이었다.

그렇다면 조금이라도 굽히는 모습을 보이는 것이 정상일 텐데 신혁돈은 아쉬울 것이 없다는 듯 쿨하게 얘기하고 있었다.

그런 모습이 연기인지, 아니면 원래 이런 인간인지 구분되질 않았다.

고민을 거듭하던 간수호가 물었다.

"솔직히 저희에게 필요한 아이템도 아니고, 신혁돈 씨가 원하신다면야 얼마든지 양도가 가능한 아이템입니다. 한데……."

뒷말은 듣지 않아도 알 수 있었다.

어디에 쓸 지가 궁금하다는 말이겠지.

신혁돈은 그의 말을 끊고 말했다.

─양도를 원하는 게 아니라 거래를 하자는 겁니다.

"돈은 필요 없습니다."

─누가 돈을 준답니까?

"…예?"

─마이더스에 관한 재미있는 이야기를 들려드릴 생각이었습니다.

"마이더스라……."

신혁돈을 몇 번 겪어본 결과, 말을 허투루 하는 사람이 아니었다.

그렇다고 후려칠 사람도 아니다.

즉 바벨토의 목걸이 가치만큼의 흥미로운 정보를 내놓을 것이라는 결론이 나왔다.

곰곰이 생각하던 간수호가 말했다.

"어디서 만나시겠습니까?"

＊　　　＊　　　＊

마이더스 빌딩 최태성의 사무실.

최태성과 그의 오른팔. 전용재가 앉아 있었다.

"고정훈 어디 갔냐?"

"그게… 며칠 전부터 연락이 안 됩니다."

최태성이 눈을 감고 미간을 꾹꾹 눌렀다.

"신혁돈인가 하는 개는?"

"조용합니다."

"신입을 영입하러 보냈더니 잠수라… 어떻게 생각하냐?"

"잘 모르겠습니다."

최태성이 담배에 불을 붙였다.

최태성에게 고정훈이 직접 사람을 죽인 영상이 있는 이상 고정훈은 최태성의 아래서 벗어날 수 없다.

같이 죽자고 덤벼들 순 있다.

하지만 최태성은 벗어날 수 있는 수가 있다. 그러니 부담을 갖지 않고 고정훈을 부리는 것이었고, 고정훈 또한 그렇게 멍청한 사람은 아니었다.

'빽이 붙었나.'

최태성을 무너뜨리기 위해 고정훈에게 달라붙어 정보를 빼낸 뒤 고정훈을 지켜줄 수 있을 만한 힘을 가진 사람.

어느새 담배 한 대를 다 태운 최태성이 말했다.

"더 가드는?"

"별다른 행동 없습니다."

"그럼 뭔데?"

전용재는 고개를 저을 뿐 아무런 대답을 하지 않았다. 답답해진 최태성은 담배 한 대를 더 입에 물며 말했다.

"몰라?"

"…예."

"모르면 다야?"

"아닙니다. 알아보겠습니다."

"내가 말을 하기 전에 좀 움직여. 그렇게 수동적으로 해서 공격대장 달 수 있겠어?"

"열심히 하겠습니다."

불도 안 붙인 필터를 잘근잘근 씹던 최태성이 전용재를 바라보았다. 2m는 될 법한 키에 선이 짙은 얼굴과 군건한 어깨. 생긴 것만큼이나 무거운 입과 확실한 행동에 최태성의 오른팔이 된 사람.

"용재야."

"예."

"내가 길드장 되면 공격대장 해야지?"

"예."

"그러려면 내가 먼저 길드장이 되어야 하지 않겠냐."

"맞습니다."

기계적인 대답에 질린 최태성이 한숨을 쉬며 소파에 몸을 묻었다.

"이제 얼마 안 남았잖아."

"예."

"그런데 내 이미지에 타격이 있으면 안 되겠지?"

"안 됩니다."

"그럼 가서 고정훈, 그 배은망덕한 새끼 잡아오고, 뭐가 어떻게 돌아가고 있는지 알아봐."

"알겠습니다."

자리에서 일어난 전용재가 허리를 90도로 숙여 인사했다. 최태성이 손을 휘휘 저어 인사를 받자 전용재가 최태성의 사무실을 나섰다.

홀로 남은 최태성은 씹고 있던 담배를 뱉으며 말했다.

"이 새낀 어디서 뭘 하고 돌아다니고 있는 거야?"

*　　　　*　　　　*

"…티, 팀장님."

각성자 관리 기구 사건과 팀장 이남정은 파일은 든 채 달려오는 후임을 보며 혀를 찼다.

"로또라도 맞았어? 사직서는 내가 아니라 과장님한테 던지고 나가라."

"아니, 그게 아니라… 인천 상공에 괴물이 출몰했습니다!"

·이남정은 놀란 표정을 지었다가 눈을 찡그렸다.

"놀랄 만한 일이긴 하다만 그걸 왜 나한테 말해?"

"괴물이 테이밍된 괴물이랍니다."

"…어디서 들어온 정보인데?"

후임은 후다닥 파일을 펼쳤다.

마치 파파라치 컷을 보듯 숨어서 찍은 사진 수십 장이 쏟아졌다.

"육눈수리?"

"예, 잠시만……."

사진을 시간의 순서대로 정리하자 육눈수리의 덩치가 믿을 수 없을 정도로 빠르게 커지는 것이 보였다.

"이거… 뭐야."

"얼마 전부터 인천에서 괴조가 날아다닌다는 신고가 접수되긴 했습니다. 그런데 인명피해 혹은 재산피해 신고는 하나도 없어서 일단 조사만 시켜 둔 상태였는데… 이런 게 찍힌 겁니다."

후임이 확대된 사진 하나를 건넸다.

거기엔 날개를 활짝 편 육눈수리가 입가에 피를 묻힌 채 하늘로 날아오르는 사진이 찍혀 있었다.

"저거, 피야?"

"예, 그리고 이거……."

후임이 사진 더미에서 한 장을 골라 맨 위로 올려놓았다.

사진 속에는 트레이닝복을 입은 한 사내가 육눈수리를 어깨에 올린 채 걷고 있었다.

사내의 얼굴을 보는 순간 이남정은 자신의 눈을 비볐다.

그러자 후임이 물었다.

"이 남자 아십니까?"

"어… 두어 번 본 적 있는데, 그 사람 맞나."

후임은 파일에서 서류를 꺼내며 말했다.

"이름, 신혁돈. 3등급 각성자로 얼마 전에 등록했네요."

"…왜?"

"예?"

"아니, 이 인간은 뭐하는 인간이길래 사건을 몰고 다녀?"

"뭐 있었습니까?"

"대한민국 최초 가3등급 받은 사람. 마이더스와 더 가드가 탐내는 남자."

"아, 이 사람이 그 사람이군요."

"그래."

사진을 한참 보던 후임이 이남정의 얼굴을 바라보았다.

"왜 그렇게 봐?"

후임은 파일과 사진을 전부 정리한 뒤 이남정의 책상 위에 올려놓으며 말했다.

"이거… 팀장님한테 떨어진 사건인데 말입니다."

"개소리."

"위에서 짖는 게 하루 이틀은 아니니 맞는 말이라 생각합니다."

"…진짜야?"

"예."

이남정은 두 눈을 감고 관자놀이를 꾹 눌렀다.

"…왜?"

후임은 어깨를 으쓱한 뒤 말했다.

"제가 한번 찾아봤는데 테이머 관련 법안이나 규제 같은 게 하나도 없습니다. 그나마 외국 사례는 몇 개 있던데 그것도 파일 안에 넣어 뒀으니 참고하시면 좋을 겁니다."

"눈물 나게 고맙다."

"그럼 고생하십셔."

후임이 가고 홀로 남은 이남정은 파일을 손에 들어보았다.

"하… 이 인간 또 만나기 싫은데."

단 두 번 만났음에도 만날 때마다 기를 빼앗기는 느낌이었다.

"까라면… 까야지."

다시 한 번 관자놀이를 문지른 이남정은 별수 없이 파일 철을 열고 하나씩 읽어나가기 시작했다.

*   *   *

평범한 은색 체인 가운데 새끼손톱보다 작은 붉은 보석이 박혀 있는 목걸이.

바벨토의 목걸이를 손에 쥔 간수호의 미간 골이 깊어졌다.

'도대체 이걸 왜?'

길드조차 찾아내지 못한 무슨 효과가 있을까 싶어 신혁돈을 만나러 가는 내내 별짓을 다 해봤지만 숨겨진 능력은 찾지 못했다. 결국 약속 장소에 도착한 간수호는 바벨토의 목걸이를 준비한 상자에 담은 다음 차에서 내렸다.

"오랜만입니다."

"자이언트 엔트 차원 이후 처음 뵙네요. 잘 지내셨습니까?"

신혁돈은 고개를 끄덕인 뒤 간수호의 손에 들린 상자로 시선을 주었다.

"목걸이입니까?"

"예."

신혁돈은 맡겨두었던 물건을 받듯 손을 내밀었다. 간수호는 상자를 자신의 옆에 내려놓으며 말했다.

"일단 뭘 가져오셨는지는 알아야 하지 않겠습니까?"

"물건 확인부터."

간수호는 천천히 고개를 끄덕이고선 상자를 신혁돈에게 건넸다.

상자를 열어보자 바벨토의 목걸이가 모습을 드러냈다.

저번 삶, 자신의 손으로 직접 부숴버렸기에 어떻게 생겼는지 알고 있던 신혁돈은 상자 속 목걸이가 바벨토의 목걸이임을 확신할 수 있었다.

"확실하군요."

"그럼요. 그럼 이제… 말씀해주십시오."

"마이더스의 최태성이 곧 무너질 겁니다."

신혁돈은 곧 라면 하나를 끓여먹을 거라 말하듯 덤덤하게 말했다.

"…예?"

"말 그대로입니다. 한 달 내로 최태성은 무너집니다."

이게 사실이라면 엄청난 정보였다.

더 가드가 마이더스를 넘어서지 못하는 유일한 이유.

최태성만큼 빼어난 인재가 없었다.

마이더스 또한 그것을 알기에 최태성을 선두에 세워 마케팅을 하고 차원문을 소탕하고 다니는 것이었고.

한데 그 주축이 무너진다?

더 가드가 치고 나갈 기회가 생긴다는 뜻이었다.

간수호는 신혁돈을 믿을 만한 사람으로 생각하고 있었지만 이건 묻지 않고 버틸 수 없다.

"…진짭니까?"

"거짓말해서 뭐합니까?"

간수호는 팔짱을 낀 채 다리를 떨다 말했다.

"증거 있습니까?"

신혁돈은 미소를 지으며 바벨토의 목걸이를 들어올렸다.

간수호가 자신도 모르게 고개를 끄덕였다.

더 가드에 바벨토의 목걸이가 있는 것을 알고 그것이 보관된 위치까지 알고 있다는 것은 신혁돈의 뒤, 혹은 그의 아래 있는 집단이 엄청난 정보력을 가지고 있다는 뜻이었다.

간수호가 고개를 끄덕이는 것을 본 신혁돈이 말했다.

"말했다시피 전 유능합니다."

"그렇게 보이네요."

다시 한 번 간수호가 고개를 끄덕였다.

만약 신혁돈의 말이 사실이라면… 만년 2위에 머물고 있는 더 가드가 1위로 도약할 수 있는 발판이 생긴다.

가만히 생각하던 간수호가 말했다.

"바벨토의 목걸이는 수단이었던 겁니까?"

신혁돈의 목표가 무엇인지는 몰라도 바벨토의 목걸이가 목표였을 리 없다. 오히려 신혁돈이 준 정보가 사실이라 했을 때 바벨토의 목걸이보다 훨씬 비싸고 좋은 아이템을 요구했어도 수긍할 만한 정보다.

추리를 마친 간수호가 굳은 얼굴로 말을 이었다.

"바벨토의 목걸이로 더 가드측의 호기심을 이끌어내고… 마치 자신은 정당한 대가를 지불한다는 듯 엄청난 정보를 던져 더 가드와 마이더스의 싸움을 붙인다… 그리고 대한민국에서 가장 큰 두 개의 길드가 싸움을 하고 있을 때 그 사이에서 이득을 취하겠다. 이런 겁니까?"

신혁돈은 무표정으로 자리에서 일어나며 말했다.

"전 바벨토의 목걸이가 이만한 가치가 있다 생각해을 뿐입니다. 나머진 안이시 생각하십시오."

신혁돈이 먼저 일어나고 홀로 남은 간수호의 미간 골이 더욱 깊어졌다.

'도대체 왜?'

마이더스와 더 가드가 신혁돈을 탐내는 지금 그의 뒷조사는 이미 끝난 지 오래였다.

가족도 없고 가진 것도 없으며 주변 사람조차 없다.

흥신소를 몇 번 들락거리는 것을 확인했지만 확인한 결과 일반 흥신소였다.

결국 신혁돈은 세력을 가지고 있지 않다는 결론이 나왔고 그랬기에 영입에 힘을 쓴 것이었다.

한데 이 정보력은 뭐란 말인가?

팔다리에 실이 매인 줄도 모르고 무대 위 마리오네트가 되어 춤을 추는 이 기분은 뭐란 말인가?

신혁돈이 떠난 지 오래였지만 간수호는 여전히 생각에 잠겨 있었다.

*　　　　　*　　　　　*

인천의 미래 흥신소.

사무실에 도착한 신혁돈은 사무실 안을 둘러보다 말했다.

"종화, 또 차원문 갔냐?"

"예, 아마 오늘쯤 나올 겁니다."

신혁돈은 고개를 끄덕이고선 소파에 기대 앉아 눈을 감았다. 그 모습을 본 윤태수가 말했다.

"형님, 최태성 작업 시작해도 되겠습니까."

신혁돈이 눈을 뜨고 윤태수를 바라보았다.

"자신은 있고?"

"당연한 거 아니겠습니까?"

"그래."

말을 마치고 눈을 감으려던 신혁돈이 손을 들며 말했다.

"아, 사무실 옮길 준비해라."

마이더스와 관리국 팀장이 바로 찾아올 정도로 신혁돈의 위치가 노출되어 있었다.

그 말은 신혁돈이 자주 들리는 미래 홍신소 또한 노출되어 있다는 뜻.

이제 본격적으로 활동을 시작하면 여기저기서 시선이 몰릴 텐데 아직 방어선도 구축하지 못한 상태에서 본거지를 오픈하는 것은 좋지 않았다.

신혁돈의 말을 들은 윤태수가 실실 웃음을 흘리며 말했다.

"내일 아침에 이사합니다."

"잘했다."

신혁돈이 다시 눈을 감자 윤태수가 자신의 자리로 돌아오며 노란 머리에게 물었다.

"대포폰 준비됐냐?"

"여기 있습니다, 형님."

고준영에게서 대포폰을 건네받은 윤태수가 컴퓨터 앞에 앉아 전화를 걸었다.

―예, 최태성입니다.

"안녕하십니까."

대포폰의 어플리케이션을 통해 변조된 윤태수의 목소리가 최태성의 핸드폰에서 흘러나왔다.

기괴한 목소리에 미간을 구긴 최태성이 번호를 확인한 뒤 말했다.

"뭡니까?"

그때, 최태성의 스마트폰이 울리며 동영상 메시지가 도착했다.

―확인해 보십시오.

"뭐야?"

최태성이 동영상을 재생하자, 고정훈과 최태성의 모습이 나타났다.

그리고 의자에 묶인 채 피를 흘리고 있는 사람까지도.

최태성은 스마트폰을 들고 영상을 녹화하고 있었고, 고정훈은 의자에 묶여 있는 사내를 고문하며 정보를 빼내고 있었다.

"이런 씨발……."

언제 찍힌 거지?

누가 찍은 거야?

그 순간 영상 속 고정훈이 최태성이 아닌 카메라의 렌즈를 바라보았다.

카메라의 위치를 정확히 알고 있어야 볼 수 있는 위치.

이를 악문 최태성이 동영상을 끄며 말했다.

"너, 누구야."

―마이더스에서 최고의 주가를 달리고 있는 최태성 씨.

"……"

최태성은 대답하지 않고 컴퓨터를 이용해 메시지를 보냈다. 그러자 최태성 사무실의 문이 열리며 전용재가 들어왔다.

최태성은 말을 하지 않고 컴퓨터 메시지를 통해 전용재에게 전했다.

전화 추적

전용재는 고개를 끄덕인 뒤 방을 나섰고 그제야 최태성이 대답했다.

"이거 어디서 났어?"

—지금 그게 중요한 게 아닐 텐데요.

"…뭘 원하지?"

—일단은 돈입니다. 나머지는 차후에 말씀드리죠.

"그래, 돈이라. 얼마를 원하지?"

—시작은 10억으로 하죠.

기괴한 목소리는 계좌번호를 불렀고 최태성은 이를 악문 상태로 계좌번호를 받아 적었다.

—그럼 입금 확인 후에 다시 전화 드리겠습니다.

전화가 끊겼다.

"씨발!"

쾅!

최태성이 휴대폰을 집어던졌다.

"으아아!"

자리에서 일어선 최태성이 책상을 엎고 손에 걸리는 모든 것을 집어 던졌다. 순식간에 방 안의 물건들이 부서지고 개판이 되었다.

그때 전용재가 사무실로 들어오며 말했다.

"대포폰입니다. 위치는… 중국으로 나옵니다."

"고정훈… 그 개새끼 당장 잡아와!"

"예."

"그리고 이 계좌 추적해!"

"알겠습니다."

전화를 끊은 윤태수는 미소를 지은 상태로 대포폰을 분해했다. 부품 하나하나까지 전부 분해한 윤태수는 분해된 부품 전부를 봉투 하나에 넣으며 말했다.

"이거 태워라."

"예, 형님."

뒤처리를 마친 윤태수는 의자에 길게 누웠다.

'다음은 뭘 요구해 볼까……'

얼마 지나지 않아 백종화와 안지혜가 사무실로 들어왔다.

"어, 형님, 계셨습니까."

백종화가 신혁돈에게 인사했고, 안지혜는 대충 인사한 뒤 도시락에게로 걸어갔다. 그러고는 들고 온 봉투를 도시락 앞에서 흔들며 말했다.

"누나가 뭐 사왔게?"

"깍깍!"

"맞아, 고기야."

안지혜는 그 사이 도시락이랑 친해졌는지 고깃덩이를 먹이고 도시락과 놀아주고 있었다.

사무실이 시끌벅적해지자 신혁돈이 자리에서 일어서며 말했다.

"종화야."

"예."

"내일부터 2주 동안 출장이다."

"예?"

"차원문 간다고."

"아, 알겠습니다."

백종화는 천천히 고개를 끄덕이고서는 자신의 손을 내려 보았다.

신혁돈과 식사를 한 다음 날부터 쉬지 않고 언령을 연마했다. 슬슬 실전을 하고 싶어 몸이 근질근질한 상태였는데 신혁돈이 때마침 제안을 해준 것이다.

"근데 어디로 갑니까?"

신혁돈은 소파에 다시 몸을 뉘이며 말했다.

"몰라."

차원문 소탕에서 가장 중요한 것이 사전 정보다.

무엇이 나오는지, 어떤 특성이 있고 어떤 지역인지에 대해 파악하지 않고 무작정 들어갔다가는 몰살을 면치 못한다.

3등급 각성자가 그것을 모를 리는 없다.

그렇다는 것은 아직 개척되지 않은 미개척 차원문을 간다는 뜻.

그만큼 자신을 믿어준다는 뜻으로 생각한 백종화는 배에 힘을 주며 대답했다.

"알겠습니다!"

그러자 눈을 감고 있던 신혁돈이 인상을 팍 쓰며 말했다.

"시끄러!"

*　　　　*　　　　*

"미래 흥신소."

간판을 소리 내 읽은 관리국 사건과 팀장 이남정이 고개를 끄덕이곤 계단을 올랐다.

신혁돈의 집을 가보았지만 최근 몇 달간 들어온 흔적이 없었다.

결국 최근 자취와 CCTV를 확인해 본 결과 이곳, 미래 흥신소에 자주 들른 것이 포착되었고 찾아온 것이었다.

계단을 오른 이남정은 미래 흥신소의 문을 두들겨 보았다.

똑똑.

"어?"

문이 열려 있었다.

이남정은 문을 살짝 밀고 안을 살펴보았다.

"아… 젠장."

사무실이 텅 비어 있었다.

이사를 가고 얼마 되지 않았는지 먼지도 쌓여 있지 않았다. 허탕을 친 이남정은 어디로 갔는지 흔적이라도 찾기 위해 사무실을 둘러보기 시작했다.

"…종이 한 장 없네."

책상이 있던 자국 빼고는 남은 것이 단 하나도 없었다.

허탕을 친 이남정이 사무실을 나가려는 순간.

똑똑.

누군가 사무실의 문을 두들겼다.

이남정은 본능적으로 몸을 숨겼다.

'이거, 무단침입인가?'

생각을 하는 사이 문이 열렸고 발자국 소리가 들렸다. 이제와서 모습을 드러내기도 뭐해진 상황.

그때, 발자국 소리가 멈추고 전화를 거는 소리가 들렸다.

"전용잽니다."

'전용재? 마이더스의 전용재?'

전용재라면 마이더스 제2공격대의 부대장, 자체적인 정보 라인까지 가지고 있는 마이더스가 일반적인 흥신소를 이용할 리는 만무하다.

그렇다면?

'신혁돈을 찾아온 건가.'

"눈치를 채고 이사한 것 같습니다."

이남정은 자세를 낮추며 귀를 기울였다.

"예, 예, 타이밍상 고정훈을 숨김과 동시에 꼬리를 자른 게 아닌가 싶습니다."

'고정훈? 숨겨?'

이남정의 머릿속에 물음표가 증식했다.

"아… 잠시만 기다려주십쇼."

그때 전용재가 말을 멈추더니 이남정이 숨어 있는 벽 쪽으로 걸어오기 시작했다.

'망할.'

어떡하지?

도망칠까?

생각이 끝나기도 전에 전용재가 모서리를 돌았고, 이남정과 눈이 마주쳤다.

그 순간.

전용재는 아무런 표정 없이 전화기에 대고 말했다.

"아무 일 아닙니다."

꿀꺽.

전용재가 보고를 할 만한 위치에 있는 사람.

적어도 공격대장, 혹은 그급 이상의 사람이겠지.

"예… 더 알아보고 전화 드리겠습니다."

전용재가 전화를 끊고 이남정을 바라보았다. 결국 어색한 침묵을 참지 못한 이남정이 먼저 입을 열었다.

"여기서 뭐하십니까?"

"저도 똑같은 걸 묻고 싶군요."

두 사내의 시선이 마주쳤다.

직급으로만 따지자면 관리국 팀장이 더 위기에 이남정은 고압적인 자세로 말했다.

"사건 조사 차 나왔습니다."

"저도 그렇습니다."

이남정은 전용재의 눈을 뚫어져라 쳐다보았으나 아무런 감정을 읽을 수 없었다.

분명 무언가 있다.

하지만 퍼즐의 조각이 너무 모자라 어떠한 그림도 머릿속에 떠오르지 않았다. 마음 같아서는 멱살을 붙잡고 무슨 일이냐 캐묻고 싶었지만 상대가 너무 세다.

무력이든 배경이든 제압할 수 있는 수단이 없었다.

'일단 물러선다.'

결단을 내린 이남정은 천천히 고개를 끄덕이면서 전용재의 옆을 지나갔다.

"그럼 고생하십시오."

이남정의 움직임에 따라 전용재의 시선이 따라왔다

뒷골이 서늘해지는 걸 느낀 이남정은 언제든 능력을 발휘시킬 준비를 하며 걸었다.

이남정이 사무실 문의 손잡이를 쥐고 밀었다.

긴장의 순간.

"예."

아무런 일도 벌어지지 않았다.

사무실을 나선 이남정은 심호흡을 길게 한 뒤 전화를 걸었다.

─예, 팀장님.

"야, 마이더스 스카우터 고정훈 위치 파악해 봐."

─…예? 저희 그런 권한 없지 말입니다.

"지랄 말고 빨리!"

─무슨 일 있습니까?

"생겼는지, 생기는 중인지, 생길지 모르겠으니까 닥치고 빨리 알아보라고!"

─알겠습니다.

전화를 마친 이남정은 자신의 차에 오르며 미래 흥신소를 올려보았다.

'뭐가 어떻게 돌아가고 있는 거야.'

*　　　　　*　　　　　*

그 시각.

백종화와 신혁돈은 레드 홀 F등급의 차원의 끝에 섰다.

"따라와."

신혁돈이 먼저 차원의 경계로 들어섰고 도시락 또한 아무렇지 않다는 듯 경계를 통과해 사라졌다.

홀로 남은 백종화는 멍하니 바라보다 침을 꿀꺽 삼켰다.

그러고는 주먹을 불끈 쥐고 차원의 경계로 들어섰다.

마치 차원문을 통과하는 듯한 느낌이 든 뒤 아이가투스의 두 번째 차원에 들어섰다.

차원에 들어서자마자 메시지가 떠올랐고, 메시지를 볼 새도 없이 수많은 괴물이 일행을 바라보고 있었다.

묻고 싶은 것이 한두 개가 아니었으나 물을 상황이 아니었다.

괴물은 한 종류가 아니었다.

마치 여러 종류의 동물을 섞어놓은 것 같은 모습을 한 괴물들이 기성을 질러댔고, 그에 밀릴세라 육눈수리 또한 포효하며 가슴 깃을 부풀렸다.

호랑이의 머리와 뱀의 몸을 섞어놓은 듯한 괴물이 제일 먼저 달려들고, 그 뒤로 수많은 괴물이 달려들었다.

그 순간 신혁돈의 몸이 기이하게 뒤틀렸고 도시락과 함께 괴물들을 향해 달려들었다.

"…맙소사."

신혁돈의 애완괴물, 도시락이 부리와 발톱을 이용해 괴물을 찢어발겼다.

그에 질세라 괴물로 변한 신혁돈 또한 괴력을 발휘하며 괴물들을 학살했다.

두 괴물이 날뛰는 전장에서 백종화는 입을 떡 벌린 채 서 있었다.

"…맙소사."

그간 멍청한 모습만 보아왔기에 그 본질을 잊고 있었으나 육눈수리는 레드 홀 A등급의 괴물이었다.

게다가 육눈수리의 차원에 있을 때의 덩치보다 두 배는 커진 지금, 육눈수리는 엄청난 위용을 발휘하며 괴물을 죽이고 있다.

그리고 신혁돈.

그가 기괴한 몰골로 변하는 것을 본 백종화가 뭐냐고 물을 새도 없이 신혁돈은 전장으로 달려들었고 어마어마한 무위를 뽐내고 있었다.

전장을 바라보던 백종화에게도 괴물들 중 한 마리가 달려들었다.

곰의 얼굴에 설치류의 몸을 한 기이한 괴물이었다.

"멈추어라!"

백종화의 말과 동시에 달려들던 괴물이 뒷덜미를 잡힌 듯 허공에 고정되었다.

"일어나라!"

푹!

그 순간 바닥이 솟아나며 창처럼 괴물의 복부를 꿰뚫었다.

그제야 정신을 차린 백종화 또한 전장에 합류해 학살에 힘을 보탰다.

"헉… 헉……"

땅에 발을 딛고 있던 모든 괴물이 쓰러진 순간 모든 괴물의 시체가 연기로 화해 사라지며 에르그 코어가 떠올랐다.

[아이가투스의 두 번째 차원에 진입하셨습니다.]

[두 번째 시련이 시작됩니다.]

[남은 시간 동안 생존하십시오.]

[남은 시간 : 335시간 45분 19초… 18초…….]

백종화는 거친 숨을 쉬며 바닥에 주저앉았다.

그보다 더욱 열심히 싸운 신혁돈과 도시락은 지친 기색 하나 없었다.

백종화는 질린다는 표정을 지으며 말했다.

"이게 뭡니까?"

"퀘스트."

백종화는 결국 신혁돈에게 묻는 것을 포기하고 자신이 알아보기로 마음먹었다.

지금까지 신혁돈과 대화를 해본 결과 그는 딱 필요한 정보만을 알려준다.

그리고 필요한 정보라 해도 곧 알 수 있는 것이라면 굳이 말하지 않는다는 것을 알게 되었다.

몇 번의 심호흡으로 숨을 안정시킨 백종화가 가만히 앉았다.

'2주, 그리고 퀘스트라…….'

백종화가 생각에 잠긴 사이 신혁돈은 주변을 둘러보았다.

일행이 있는 곳은 거대한 공터였다.

공터에는 거대한 나무들이 울타리처럼 쳐져 있었고, 신혁돈이 다가가자 나무들이 살아 있는 생명체처럼 움직이며 신혁돈의 접근을 막았다.

"흠."

신혁돈은 부분 몬스터 폼을 이용해 몰맨의 손톱을 만든 뒤 나무를 잘라내 보았다.

팅!

마치 금속에 부딪힌 듯 쇳소리가 나며 몰맨의 손톱이 튕겨 나왔다. 미간을 찌푸린 신혁돈이 몇 번 더 손을 휘둘러본 뒤 말했다.

"보호막이군."

공터를 둘러싸고 있는 나무들에는 보호막이 쳐져 있었다.

결국 공터를 벗어날 수 없다는 뜻. 즉, 축구장 반 크기의 공간에서 2주라는 시간을 버텨야 한다는 것이었다.

2주간 버티기 위해 필요한 것은 물과 음식.

백종화는 2주 분의 음식을 챙겨왔다. 신혁돈은 괴물의 고기로 버틸 생각이었으나 괴물의 시체가 연기로 화해 사라져 그럴 틈이 없었다.

'실험해 봐야겠군.'

주변을 전부 둘러본 신혁돈은 도시락을 향해 말했다.

"날아봐."

"깍!"

그때.

[테이밍 스킬 랭크가 상승하였습니다.]

테이밍 [Rank E, Rare, Active]

―호감도를 쌓는 속도가 더욱 빨라집니다.

달라진 것은 호감도를 쌓는 속도가 빨라졌다는 것 하나뿐이었다. 메시지를 치우고 하늘을 바라보자 쏜살처럼 날아오르던 도시락이 무언가에 부딪힌 듯 버둥거렸다.

"깍깍!"

도시락은 화가 난 듯 허공을 물어뜯고 발톱으로 찢어봤지만 아무런 효과도 없었다.

"내려와."

도시락은 씩씩거리며 땅으로 내려왔다. 그 모습을 바라보던 백종화가 물었다.

"저희… 갇힌 겁니까?"

"그렇지."

"2주라 말씀하셨던 게 이겁니까?"

"정답."

백종화는 턱을 괸 채 신혁돈을 바라보았다.

"경계를 넘어서 가이아의 목소리가 전한 퀘스트를 하러 왔다… 이곳은 아이가투스라는 마왕의 차원이고… 2주가 버티면 퀘스트가 완료된다. 맞습니까?"

신혁돈이 만족스러운 미소를 지으며 고개를 끄덕여주었다.

단편적인 정보만으로 상황을 구성하고 맥락을 추리하는 능력은 확실히 윤태수보다 뛰어났다.

윤태수가 후방에서 큰 그림을 담당한다면 백종화는 전방에서 전략과 지략을 통해 붓을 놀리는 역할을 맡는다.

"보상은 뭡니까?"

신혁돈은 양손을 모았다가 펑 터뜨리듯 손을 벌리며 말했다.

"엄청난 거."

장난스런 제스처에 백종화가 웃음을 터뜨린 순간, 숲이 움직이기 시작했다.

나무들이 길을 터주듯 공간을 벌렸고 그 사이로 붉고 노란 눈들이 수십, 수백 개가 나타났다.

"벌써 오는군요."

"경험이라 생각해라."

"알겠습니다."

우드득.

말을 마침과 동시에 신혁돈이 어글리 베어로 변신하고, 백종화는 양손을 벌리며 전투태세를 마쳤다.

그리고 도시락이 살짝 날아오르며 괴물을 향해 포효했다.

"까아악!"

두 번째 전투가 시작되었다.

*　　　　　*　　　　　*

동트기 직전의 새벽.

인천 국제공항 근처의 한 호텔의 옥상.

전용재를 위시한 네 명의 사내가 서 있었다.

"목표는 고정훈 생포. 가족은 생사불문."

전용재의 말에 네 명의 사내가 고개를 끄덕였다.

"진입."

말과 동시에 전용재가 옥상 밖으로 뛰어내렸고, 그 뒤를 네 명의 사내가 따랐다.

스스로 목숨을 끊기 위해 뛰어내리는 것처럼 보였으나 그들의 몸은 누가 붙잡기라도 한 듯 천천히 하강했다.

그리고 목표 층에 도착한 순간.

한 명이 창문에 손을 댔다. 그러자 창문이 녹아내리며 구멍이 뚫렸고 다섯 사내는 아무런 소리도 내지 않고 방으로 들어섰다.

전용재의 수신호 아래 방의 수색이 시작되었고 곧 침실에 잠들어 있는 고정훈을 발견할 수 있었다.

전용재는 다시 한 번 수신호를 보냈고, 한 명의 사내가 단검을 뽑아 고정훈 아내의 목에 가져다 대었다.

고정훈 역시 각성자, 만에 하나라도 발악을 하면 일이 시끄러워질 염려가 있었다.

그랬기에 보험을 들어둔 것이다.

다시 한 번 수신호를 보낸 전용재가 고정훈을 깨웠다

고정훈은 눈을 뜨기 무섭게 자신의 입을 틀어막는 손을 발견하고 발악을 하려 했지만 그 순간 아내의 목 밑에 있는 단검이 눈에 들어왔다.

그제야 상황 파악이 된 고정훈의 몸에서 힘이 쭉 빠졌다.

전용재는 준비해 온 안대로 고정훈의 눈을 가리고 각성자 전용 수갑으로 고정훈의 손과 발을 묶었다.

그러고는 다시 창문으로 나가 옥상으로 올라갔다.

옥상으로 올라온 고정훈이 말했다.

"아내와 아들은… 살려주십쇼."

그 순간 전용재가 고정훈의 뒷목을 후려쳤고, 고정훈은 정신을 잃었다.

바닥에 쓰러진 고정훈의 등을 한 번 바라본 전용재가 핸드폰을 꺼내들며 전화를 걸었다.

"고정훈 확보했습니다."

─당장 데려와.

"예, 1시간 내로 가겠습니다."

전화를 끊은 전용재가 수신호를 보냈고 네 사람이 분주하게 움직이기 시작했다.

제3장

복수는 차갑게
그리고 천천히Ⅲ

새로운 사무실로 출근한 윤태수는 핸드폰을 켜보았다. 기다리는 메시지가 와 있나 확인했지만 메시지는 아무것도 와 있지 않았다.

'최태성, 이놈 봐라?'

하루가 지났는데도 입금이 되질 않았다.

자신이 쌓아올린 모든 것이 걸려 있는 문제를 까먹었을 리는 없다.

'내가 누군지 찾아냈다?'

윤태수는 고개를 저었다.

만약 윤태수를 찾아냈다면 벌써 들이닥치고도 남을 시간이었다.

'그럼 뭐야? 10억이 없나?'

이것도 아니다.

최태성 정도의 각성자라면 움직이는 기업체나 마찬가지였고, 아무 은행이나 찾아가 10억을 빌려달라고 하면 빌려줄 것이었다.

목을 긁적이던 윤태수는 결국 고준영에게 말했다.

"대포폰 있지?"

"예."

"가져와봐."

대포폰을 건네받은 윤태수가 최태성에게 전화를 걸었다.

*　　　　　*　　　　　*

해가 막 뜨기 시작한 아침.

인천 외곽의 폐공장에 검은 승합차 한 대가 도착했다.

그리고 차문이 열리며 두 명의 사내가 한 명의 사내를 끌고 내렸다. 나머지 셋은 차에서 내려 주변을 경계하며 폐공장 안으로 들어섰다.

널찍한 공간에는 단 두 개의 의자가 놓여 있었고, 깨진 창문들을 통해 빛이 들어온 빛이 의자를 비추었다.

하나의 의자에는 최태성이 앉아 있었고, 사내들이 고정훈을 끌고 와 의자에 앉힌 뒤 안대를 풀었다.

밝은 빛에 인상을 찌푸렸던 고정훈은 최태성의 얼굴을 보고 고개를 숙였다.

"여기 익숙하지?"

고정훈이 최태성의 숙적들을 고문하고 정보를 캐낼 때 썼던 장소였다.

"거기 묶여 있으니까 기분이 어때?"

최태성이 의자에서 일어나 고정훈의 앞에 서서 고정훈의 턱을 쥐어 들었고 둘의 시선이 마주쳤다.

그 순간 고정훈의 눈이 최태성의 손목에 채워져 있는 시계를 발견했다.

'7시… 비행기 시간은 20분 남았다.'

고정훈은 이런 상황을 대비해 가족들에게 미리 말해 두었다.

내가 없어지더라도 비행기를 타고 떠나라고, 나는 어떻게든 따라가겠다고.

20분이 남은 이상 자신의 가족은 이미 탑승 수속을 밟고 있을 것이었고 가족의 안전은 확보되었다.

가족은 살 수 있다는 안도와 동시에 절망이 찾아들었다.

신혁돈과 거래를 한 후 아무 비행기나 잡고 일단 한국을 떠나는 게 맞았다.

괜히 이틀이나 체류해 잡힐 여지를 만든 게 실수였다.

신혁돈이 자신을 신경 써줄 리 만무했다. 자신은 최태성에게나 신혁돈에게나 장기판 위의 말일 뿐이었다.

장기판 위의 말이 죽으면 상황이 불리해질 순 있을지언정 장기를 두는 사람에게 위해를 입히진 못한다.

'멍청했어.'

모든 일이 끝났다고 안심하는 게 아니라 그 여파를 생각하고 도망쳐야 했다. 하지만 고정훈은 자신의 손을 떠났기에 모든 것이 끝났다 생각했고 결국 상황이 이렇게 되어버렸다.

신혁돈이 생각보다 빨리 움직였고, 최태성은 그보다 빠르게 움직였다.

그중 자신만 늦었다.

고정훈은 눈을 감았다.

지금 와서 후회해 봤자 되돌릴 수는 없다.

모든 것을 사실대로 말한다 한들 최태성은 자신을 살려주지 않을 것이었다.

'그렇다면 내가 무얼 할 수 있을까?'

고정훈의 턱을 쥔 최태성이 전용재를 향해 손을 뻗었다. 그러자 전용재가 핸드폰을 건넸고 최태성이 영상을 재생했다.

최태성과 고정훈이 어떤 사람을 고문하고 있는 영상.

"이거, 형이 찍은 거지?"

고정훈은 천천히 고개를 끄덕였다.

최태성은 하, 하는 헛웃음을 흘린 뒤 물었다.

"정훈이 형, 내가 뭘 잘못했어?"

대답이 없자 최태성은 의자를 바짝 끌어와 고정훈의 앞에 앉으며 말을 이었다.

"왜 찍었어? 내가 형 버릴까 봐? 보험이었어?"

고정훈이 고개를 숙이려 하자 최태성의 다시 그의 턱을 쥐어 올렸다.

"대답해!"

턱을 쥔 손에 힘이 가해졌다. 최태성은 4등급의 각성자. 악력만으로 고정훈의 머리를 부술 수 있는 힘을 가지고 있었다.

고정훈은 턱이 부서지는 고통에도 눈을 감을 뿐 아무런 행동을 하지 않았다.

"후… 아냐, 그럴 수 있지. 그래, 이런 영상을 찍어서 보험을 드는 건 이해할 수 있단 말이야. 그럼 씨발 나한테 딜을 걸어야지 왜 애먼 새끼들한테 보내서 날 귀찮게 만들어? 내가 이런 것도 해결 못할 줄 알았어? 나 최태성이 이딴 거에 무너질 줄 알았냐고!"

결국 최태성은 화를 참지 못하고 고정훈을 발로 찼다. 의자에 앉은 채 뒤로 넘어간 고정훈은 여전히 눈을 감고 있었다.

"풀어."

최태성의 명령에 의자에 묶여 있던 고정훈이 풀려났다.

그 순간 최태성의 발이 고정훈의 정강이로 날아들었다.

뻑!

살벌한 소리와 함께 고정훈의 입에서 신음이 터져 나왔다.

흐트러진 머리를 쓸어 올린 최태성이 쓰러져 있는 고정훈의 옆에 쭈그려 앉았다.

"형, 살고 싶지?"

묵묵부답.

"가족도 살리고 싶을 거 아니야."

그제야 고정훈이 눈을 뜨고 최태성을 바라보았다.

"그래, 형은 그런 사람이지. 자기보단 자기 주변 사람. 가족과 동생들을 챙기는 우애 넘치는 사람이었지."

최태성은 다시 몸을 일으킨 다음, 고정훈의 복부를 걷어찼다.

"그럼! 씨발! 나한테 이러면 안 되지!"

복부를 차이자 숨이 막힌 고정훈은 컥컥거리며 가쁜 호흡을 내뱉었다.

"후, 앉혀."

최태성에 말에 서 있던 사내들이 고정훈을 의자에 앉혔다.

"형도 알잖아. 내 성격. 그렇지? 편하게 가자. 어떤 씹어 먹을 놈한테 팔았어?"

고정훈 자신이 살아남으면서 최태성에게 복수하고 동시에 신혁돈까지도 엿 먹일 수 있는 방법이 무엇이 있을까.

잠시 고민 끝에 고정훈이 말했다.

"…저도 모릅니다."

최태성의 미간이 찌푸려졌다.

"말이 돼? 모르는 새끼한테 팔았다고?"

"판 게 아닙니다. 협박을 당했습니다."

분노로 가득 차있던 최태성의 미간이 찌푸려졌다. 그와 동시에 담배를 꺼내 문 최태성이 말했다.

"자세히 말해봐."

순간적인 기지에서 나온 말이었지만 고정훈은 상황의 주도권이 자신에게로 넘어온 것을 직감했다.

'지금부터가 중요하다.'

지금 이 자리에서 신혁돈을 밝힌다 한들 자신은 살지 못한다.

그렇다면 가상의 존재를 만든다면? 최태성이 겁을 먹을 만한 존재로?

"일단… 제2공격대장님의 말대로 저 영상은 제가 찍은 게 맞습니다. 언제 버려질지 몰라 가지고 있는 보험과 같은 거였습니다. 제2공격대장님도 모르도록 관리했기에 아는 사람은 저밖에 없었습니다."

최태성은 어느새 다리까지 떨고 있었다.

불안해하고 있다는 증거.

"그런데?"

"그 사람이 찾아왔습니다. 난생처음 보는 남자였습니다. 그는 제가 영상을 가지고 있는 걸 알고 있었고, 저에게 영상을 달라 했습니다."

"그래서 그냥 줬다?"

저 영상이 매스컴을 타지 않고 바로 최태성의 손에 들어왔다는 것은 신혁돈 측에서 어떤 조건을 제시했다는 뜻일 것이었다. 최태성은 아직 저 존재가 누군지 모르기에 고정훈, 자신을 잡아 족치고 있는 것이고.

말을 하면서 생각을 정리한 고정훈이 말을 이었다.

"아닙니다. 그런 것 없다 우겼지만 제 가족을 가지고 협박했습니다. 그래도 모른다 하자 가족을 미행하는 영상과 제 아내와 제가 잠들어 있는 영상. 아이가 다니는 학교에서 수업을 받고 있는 사진을 내놓았습니다."

고정훈의 눈에 분노와 억울함이 적절히 섞였다.

연기를 시작한 고정훈은 손을 부들부들 떨며 말을 이었다.

"전… 어쩔 수 없었습니다. 가족을 살리기 위해서는……."

어느새 새로운 담배를 꺼내 문 최태성이 의자 등받이에 등을 기댔다.

"그래서 나를 팔았다."

"예, 죄송합니다."

인정할 것은 인정하되 새로운 문제를 던진다.

고정훈에게 향할 분노를 새로운 대상에 대한 호기심과 초조함. 그리고 공포로 바꾼 것이다. 그러면서도 연민이 느껴지도록 최대한 자신의 잘못을 줄여 말했다.

남은 것은 최태성의 선택이었다.

고정훈은 고개를 숙인 채 최태성의 말을 기다렸다.

"그게 이틀 전, 몇 시간 만에 일어난 일이다?"

"예."

"신혁돈은 왜 만났어?"

"데려오라고 하셔서……."

최태성이 긴 한숨을 내쉬며 양 손으로 눈두덩을 문질렀다. 신혁돈이 뒷배라 생각했던 최태성은 완전 헛다리를 짚었다고 생각하게 되었다.

"거짓말이면 죽는다."

"이미 죽은 목숨… 거짓말해서 뭐하겠습니까."

최태성이 고정훈의 눈을 뚫어져라 보았다. 하지만 고정훈은 그의 눈을 피하지 않고 바라보았다.

그때, 최태성의 핸드폰이 울렸다.

*   *   *

최태성이 전화를 받자 목소리 변조 어플리케이션을 킨 윤태수가 말했다.

"입금이 안 되어 있는데?"

—…….

대답 대신 거친 숨소리가 들렸다. 윤태수는 미간을 찌푸리며 번호를 확인했지만 최태성의 번호가 맞다.

"장난하자는 건가?"

—야, 너, 고정훈 알지?

순간 윤태수의 미간이 굳혀졌다. 하지만 목소리는 한 점 떨림 없이 대답했다.

"무슨 소리지?"

—발 빼지 말고, 지금 내 앞에 있거든, 우리 정훈이 형이. 형, 말해봐.

—예.

전화 넘어 들려오는 목소리라 조금 작게 들리긴 했지만 이틀 전에 보았던 고정훈의 목소리가 분명했다.

계획대로라면 진즉에 비행기를 타고 떠났어야 할 사람이다.

한데 최태성에게 잡혀 있다니.

'뭐가 어떻게 된 거야?'

이렇게 되면 신혁돈은 물론 윤태수의 얼굴조차 노출되어 버린다. 잔뜩 긴장했지만 윤태수의 목소리는 변함이 없었다.

"그래서?"

─내가 너의 얼굴을 알아버렸다 이거지.

순간 찌푸려져 있던 윤태수의 입가에 미소가 번졌다.

"내 얼굴을 알았다?"

─그래.

그 순간 윤태수는 확신했다.

'고정훈이 입을 다물었군.'

혹은 다른 정보를 주었을 것이다.

그러니 얼굴 같은 소리를 하고 있지.

만약 고정훈이 모든 것을 말했다면 전화를 받는 순간 신혁돈의 이름이 튀어나왔을 것이었다.

안심한 윤태수가 평온을 되찾으며 말했다.

"그래서 돈을 안 주겠다?"

─대화를 해보자는 거지.

말을 마친 최태성이 미간을 찌푸렸다.

자신의 얼굴을 알고 있다는 데 전혀 꿀림이 없다. 고정훈이 거짓말을 했거나, 상대가 마이더스를 두려워하지 않는다는 것.

최태성의 머릿속이 복잡해진 사이 윤태수가 일방적으로 통보했다.

"20억. 6시간 주지."

윤태수는 전화를 끊었다.

그러고는 핸드폰을 대충 던진 뒤 관자놀이를 꾹꾹 눌렀다.

'고정훈이 잡히다니……'

전혀 생각하지 못한 일이었다.

그렇다고 고정훈을 구해야 한다거나 불쌍하게 생각하는 것은 아니다.

고정훈은 자신의 상관을 배신한 사람이고, 이해관계가 맞아 서로를 도왔을 뿐이다. 그 과정에 자신이 멍청한 짓을 해서 잡혔으니 그의 잘못. 하지만 고정훈이 알고 있는 정보가 문제였다. 지금은 신혁돈에 대해 말을 하지 않고 있었지만 언제 마음이 바뀔지 모른다.

"형님, 최태성 작업 시작해도 되겠습니까."

"자신은 있고?"

"당연한 거 아니겠습니까?"

"그래."

당연하다 말했던 과거의 자신을 때려죽이고 싶었다. 이런 사소한 변수조차 생각하지 못하다니, 단 하루라도 더 생각을 하고 계획을 짠 뒤 행동을 했다면 고정훈은 잡히지 않았을 것이고, 최태성을 고사시킬 수 있었을 것이다.

자괴감에 빠진 윤태수는 한참동안 천장을 바라보다 자리에서 벌떡 일어났다.

신혁돈은 2주 동안 출장을 간다고 했다.

즉 2주 안에는 차원문에서 나오지 않는다는 소리.

'2주… 그 안에 잘못된 것을 바로잡는다.'

세 떨거지가 윤태수에게 시선을 집중한 순간.

"하던 일 올 스탑."

"예?"

"나, 사고 쳤다."

"…예?"

*　　　　*　　　　*

후웅!

온몸에 수백 개의 눈을 가지고 있는 거인, 아르거스의 손이 백종화를 향해 휘둘러졌다.

"멈추어라!"

백종화의 힘으로 완전히 묶어둘 수 있는 건 1초 남짓. 순식간에 속박에서 풀려난 아르거스가 다시 팔을 휘두르려는 순간.

"까악!"

타이밍을 노리며 하늘을 날고 있던 도시락이 아르거스의 등을 향해 달려들었다.

발톱으로 아르거스의 어깨를 쥐고 머리를 물어뜯던 도시락은 아르거스의 손이 자신을 노리자 다시 날아올랐다.

"잘했어! 얼어라!"

신혁돈의 말대로라면 백종화는 모든 속성을 다룰 수 있다. 하지만 아직 모든 속성을 개화하진 못했고 최근의 개화한 것이 얼음 속성이었다.

쩌적!

도시락을 잡기 위해 머리 근처로 올라갔던 아르거스의 양손이 순간 얼어붙자 백종화가 외쳤다.

"솟아나라!"

흙으로 만들어진 창이 바닥에서 솟아났다. 발바닥을 꿰뚫린 아르거스가 크게 포효하며 발을 굴렀다.

쿠어!

쿵!

백종화가 아르거스의 시선을 끄는 사이 도시락이 한 번 더 날아들어 아르거스의 몸을 물어뜯고 발톱으로 할퀴었다.

완벽한 호흡.

결국 아르거스는 백종화와 도시락의 합공을 버티지 못하고 쓰러졌다.

그사이 신혁돈은 홀로 아르거스를 상대하고 있었다.

스피릿 링크를 사용한 신혁돈은 몰맨의 날카로운 손톱과 어글리 베어의 힘, 그리고 눈속임 망토에 의해 증폭된 감각까지 더해져 엄청난 파괴력을 자랑했다. 아르거스의 모든 공격은 빗나갔고 신혁돈은 모든 공격을 적중시켰다.

물론 잠식의 속도가 사용하는 힘에 비례해 빨라지긴 했지만 지금까지는 오래 싸울 필요가 없었기에 버틸 수 있었다.

날카로운 손톱에 의해 난자당한 아르거스가 쓰러지자 신혁돈은 아르거스의 허벅지살을 잘라내 먹기 시작했다. 도시락 또한 사냥이 끝남과 동시에 식사를 시작했다.

백종화는 그로테스크한 모습에 고개를 돌리고 주변을 살폈다.

더 이상의 웨이브는 없는지 나무들이 움직이며 통로를 차단하고 있었다. 곧 한 마리와 한 사람의 식사가 끝나자 아르거스의 시체가 연기로 화해 사라지며 에르그 코어가 떠올랐다.

신혁돈은 에르그 코어를 흡수하고서는 변신을 해제했다.

"몇 번째 웨이브였지?"

"딱 35번째였습니다."

몬스터 웨이브는 2시간 단위로 발생했다.

그리고 12번마다 보스 몬스터격인 괴물들이 등장했다.

즉 하루에 12번의 웨이브가 있고, 하루 한 번씩 보스 몬스터가 등장한다는 뜻이었다. 이제 2시간 뒤 3일차 마지막 웨이브 겸 보스가 등장할 것이었다.

매번 쪽잠을 자고 2시간마다 괴물에게 시달리고 있었으나 백종화는 헤벌쭉 웃고 있었다.

"이번에도 아이템이 나오겠죠?"

"지금까지 그랬으니, 그렇겠지."

하루에 한 번씩 나오는 보스 몬스터는 무조건적으로 무구를 주었다. 지금까지 나온 2개의 아이템은 서클릿과 장갑. 두 가지 모두 지능과 마법 발현에 도움이 되는 레어 등급의 아이템이었고, 모두 백종화가 착용하고 있었다.

"이 추세대로라면 12개의 아이템을 더 얻을 수 있겠습니다."

신혁돈은 대충 고개를 끄덕여준 뒤 바닥에 누웠다.

2시간에 한 번씩 전투를 해야 하니 쉴 수 있을 때 체력을 보충해 두는 게 가장 중요했다.

신혁돈은 퀘스트 창을 띄워보았다.

[남은 시간 동안 생존하십시오.]

[남은 시간 : 265시간 40분 29초…28초…….]

"더럽게 많이 남았네."

"그러게 말입니다."

한숨을 한 번 쉰 신혁돈이 눈을 감자 백종화 또한 나무에 기대 눈을 감으며 말했다.

"태수는 잘하고 있을까요?"

"알아서 하고 있겠지."

"그렇겠죠?"

＊　　　　　＊　　　　　＊

"일단 축하드립니다."

윤태수의 '사고 쳤다'는 말에 고준영이 박수를 쳤다. 윤태수는 고개를 저으며 말했다.

"아니, 그런 사고 말고, 진짜 사고."

말을 마친 윤태수가 사무실 가운데 있는 소파에 앉았다.

"이리 모여 봐."

그제야 진짜 무언가가 터졌다는 걸 눈치챈 떨거지 셋 또한 각자의 책상에서 소파로 나와 앉았다.

"고정훈이 잡혔다."

떨거지 삼인방의 미간이 찌푸려졌다.

"왜 아직까지 한국에 있었답니까?"

"간도 크네… 저 같았으면 형님한테 USB 넘긴 순간 외국으로 떴을 텐데 말입니다."

"그래서, 혁돈 형님하고 저희 걸렸습니까?"

윤태수는 고개를 저었다.

"아니, 고정훈이 우리를 어떤 단체라고 포장했고, 그 덕에 자기 목숨까지 건진 모양이다."

세 명은 고개를 끄덕였고 고준영이 말했다.

"그 양반 일 복잡하게 만드는 능력이 있네. 그럼 어떻게 합니까? 저희가 구출해야 하는 상황입니까?"

고준영의 말에 덩치, 민강태가 목소릴 높였다.

"왜 구해? 자기가 잘못해서 잡힌 건데. 그냥 죽이죠. 아무리 각성자들이라 해도 자기한테 날아오는 것도 아니고 다른 사람한테 날아오는 총알까진 못 막을 겁니다."

이들의 말이 맞다.

고정훈을 구하던 죽이든 일단 입을 막는 게 급선무였다.

"근데 우릴 왜 숨겨줬답니까?"

신혁돈을 숨겨준 이유는 쉽게 짐작할 수 있었다.

"자신이 살아야 하니까."

최태성이 고정훈을 살려둘 만한 이유를 만들어야 했다. 만약 배후가 신혁돈인 것을 밝혀버리면 이용가치가 사라진 고정훈은 죽었을 것이다.

하지만 자신만이 알고 있는 미지의 단체를 만들어냈고, 미지의 단체에 대해 아무것도 모르는 최태성은 그를 살려둘 수밖에 없게 된 것이다.

'의외로 영리해.'

그런 놈이 왜 도망을 안 치고 한국에 남아 있던 거지?

윤태수가 고민하는 사이 고준영이 말했다.

"고정훈을 달라고 하면… 안 되겠죠?"

"안 돼. 보내주긴커녕 뭘 알고 있길래 저들이 널 원하냐며 고문하겠지."

"그것도 그러네."

고정훈을 위험에 처하게 해서는 안 된다. 지금의 고정훈은 데스 노트를 쥐고 있는 것이나 마찬가지였다. 어떤 사람의 이름을 뱉는 순간 최태성이 그를 죽이러 갈 것이었으니까.

그의 입에서 신혁돈이나 미래 흥신소 사람들의 이름이 나오는 일은 절대 없어야 한다.

고민을 마친 윤태수가 말했다.

"선택지는 두 가지. 죽이거나, 구하거나. 솔직히 두 가지 모두 현재로서는 실현 가능성이 없어."

떨거지들이 고개를 끄덕이자 윤태수가 머리를 감싸 쥐었다.

방법이 없다면 변수를 만들어야 한다. 변수를 만들기 위해서는 누구도 생각하지 못한 각도로 접근을 해야 한다. 머리를 감싸 쥐고 있던 윤태수가 벌떡 일어났다.

"코어!"

"예?"

윤태수는 사무실 벽에 있는 커다란 그림을 떼어 냈다. 그러자 사람 한 명이 들어갈 만한 철문이 나왔고 비밀번호를 입력하자 문이 열렸다.

잠시 기다리자 윤태수가 차원지기의 코어를 한 손에 들고 나오며 말했다.

"변수를 만들 수 있는 방법."

세 명의 시선이 차원지기의 코어로 향했다.

지금 상황에 유일하게 변수를 만들 수 있는 아이템.

윤태수가 제일 먼저 코어 속 에르그 에너지를 흡수하고 떨거지들 또한 차례로 에르그 에너지를 흡수했다.

＊　　　　＊　　　　＊

결국 윤태수의 계좌로 20억을 입금한 최태성은 분노에 치를 떨었다.

그와 동시에 최태성의 핸드폰이 울렸다.

─감사합니다.

전화를 받자마자 기괴하게 변조된 목소리가 흘러나왔다. 최태성의 미간이 도끼로 찍히기라도 한 듯 확 찌푸려졌다.

—다음 요구는 벨라루스의 귀걸이입니다.

"…뭐?"

—벨라루스의 귀걸이를 가져다주시면 됩니다. 배달은 최태성 씨가 직접 해주셨으면 좋겠습니다. 그리고 고정훈 씨도 데려오시죠.

주먹이 하얘질 정도로 힘을 주고 있던 최태성이 몸의 힘을 풀며 말했다.

"나를 만나겠다?"

—예.

"좋아, 아주 좋아."

흉신악살 같은 얼굴을 하고 있던 최태성의 표정이 확 바뀌며 입꼬리가 스멀스멀 올라갔다.

—장소는 서울 서부입니다. 약속 시간은 14시이며 강서구 근처에 대기하고 계시면 13시에 자세한 장소를 말씀드리도록 하겠습니다.

"그래."

—만약 두 사람을 제외한 다른 사람이 보일 시 동영상은 각종 메스컴과 란리국, 그리고 대형 길드들에게 유포될 테니 처신 잘해주시길 바랍니다.

"알겠다."

—그럼 내일 뵙죠.

최태성이 전화를 끊자 전용재가 말했다.

"아무래도 수상합니다."

"뭐가?"

"아마 고정훈을 빼내려 하는 게 아닐까 하는 생각이 듭니다."

"내 앞에서?"

"예."

최태성은 피식 웃음을 터뜨리고선 한손을 들었다.

그러자 최태성의 손가락이 마치 나무 덩굴처럼 변하면서 길어 졌고 이내 전용재의 손목을 휘감았다.

"넌 내 손에서 도망칠 수 있어?"

전용재는 시도조차 해보지 않고 대답했다.

"없습니다."

"너도 못하는 데 고정훈이 도망칠 수 있을 거라 생각해?"

"…장소와 시간마저 그쪽에서 정하니 어떤 변수가 있을지 모릅 니다."

"변수? 그게 뭐. 아무리 많은 변수가 있다 해도 그 새끼들이 날 죽일 수 있을 거라 생각해?"

"그건 아니지만……."

"내가 직접 가는데 무슨 걱정이 그렇게 많아."

"그래도……."

웃고 있던 최태성의 미간이 찌푸려졌다.

그 순간 전용재의 손목에 둘려져 있던 덩굴이 순식간에 자라 나며 전용재의 목을 휘감고 들어올렸다.

"컥… 컥!"

전용재를 1m 가까이 들어 올린 최태성은 고통스러워하는 표정을 보며 말을 이었다.

"내가 뭐라고 했어. 잘하자고 했지? 근데 결국 고정훈을 놓쳤고 이 지랄 났지? 그래도 다시 잡아온 게 장해서 봐줬더니 어디까지 기어오르려고? 너도 고정훈 새끼처럼 내 뒤통수 깔 준비 하냐? 응?"

"아닙… 니… 다."

최태성의 눈이 돌아가 있었다.

이대로라면 정말 죽을지도 모른다는 공포에 전용재는 에르그 에너지를 개방해 덩굴을 뜯어내려 했다.

하지만 전용재는 3등급의 각성자.

4등급 각성자인 최태성의 힘을 이겨낼 수 없었고 결국 전용재의 눈이 뒤집어지려는 순간.

스르륵.

최태성이 전용재의 목을 묶고 있던 덩굴을 풀어 바닥에 던졌다.

털썩.

"쿨럭, 쿨럭! 허억… 허억……."

기침과 거친 숨을 몰아쉬는 전용재를 한 번 바라본 최태성은 담배를 꺼내 물며 말했다.

"잘하자 용재야."

　　　　　　*　　　　　*　　　　　*

　전화를 끊은 윤태수가 세 사람을 바라보았다.

　차원지기의 코어를 흡수하면서 성장을 했고 단번에 2등급 후
반의 각성자들이 가지고 있을 만한 양의 에르그 에너지를 모을
수 있었다. 그와 동시에 스킬이 생겨났고 다시 머리를 모아본 결
과 가능성이 생겼다.

　"고정훈을 구하고 나면 최태성 무너뜨릴 때 유용하겠습니다."

　"아니, 고정훈은 안 쓴다."

　"왜 안 쓰십니까? 적의 적은 친구 아니겠습니까?"

　윤태수는 단호히 고개를 저었다.

　"적의 적은 친구가 아니라 별개의 개새끼일 뿐이야."

　　　　　　*　　　　　*　　　　　*

　다음 날 13시.

　―S카페로 오십시오.

　전화를 받은 최태성이 고개를 끄덕였다.

　카페.

　일반인들이 많은 곳에서 시선을 피해보겠다는 건가?

　영리한 선택이다.

　최태성과 고정훈은 윤태수의 말대로 카페로 들어갔다.

　그때.

[목표물 진입]

미리 카페에 앉아 있던 고준영이 윤태수에게로 문자를 보냈다. 그와 동시에 카페 밖에서 동태를 살피던 덩치와 실눈 또한 윤태수에게 메시지를 보냈다.

[수상한 움직임 없음.]

[미행으로 보이는 사람 없음.]

메시지 3개를 받은 윤태수는 고개를 끄덕인 뒤 최태성에게 전화를 걸었다.

"거기 아메리카노가 꽤 괜찮습니다. 한 잔 하시죠"

변조된 목소리에 익숙해진 최태성은 여유로운 목소리로 대답했다.

―그러지.

최태성은 고정훈과 함께 일어서 커피 2잔을 시켰고 그 모습을 지켜보던 고준영은 다시 한 번 메시지를 보냈다.

[타겟과 최태성이 떨어질 생각을 하지 않음.]

두 사람이 커피를 비울 때 쯤 윤태수가 다시 전화를 걸었다.

세 번째 전화.

"커피는 맛있게 드셨습니까?"

―그래, 넌 어디지?

"차가 좀 막혀서 말입니다. 이쪽으로 와주셔야 하겠는데요."

드디어 최태성의 미간이 찌푸려졌다.

―어디로?

"자세한 장소는 메시지로 찍어드리겠습니다."

윤태수가 일방적으로 전화를 끊자 최태성은 이를 갈았다. 하지만 보는 눈이 많아 티를 내지 않은 채 자리에서 일어섰다.

"가지."

고정훈은 굳은 얼굴로 고개를 끄덕인 뒤 최태성의 뒤를 따랐다.

두 사람이 차에 타는 것을 본 고준영이 메시지를 보냈다.

[차종 흰색 벤츠. 차량 번호 : … 운전 최태성, 조수석 고정훈]

차가 출발했지만 고준영은 움직이지 않고 계속 주변을 둘러보았다. 실눈과 덩치 또한 마찬가지. 만에 하나 미행 혹은 감시하는 눈이 있을지 몰랐기 때문이었다.

최태성이 떠나고 조금 지나자 고준영이 카페를 나섰고, 그제야 실눈과 덩치 또한 따로 행동해 카페를 벗어났다.

[F식당.]

메시지를 받은 최태성은 핸드폰을 고정훈에게 던지며 말했다.

"아까 카페에 익숙한 얼굴 있었나?"

"없었습니다."

"다른 길드 사람은?"

"없었습니다."

최태성은 의심스러운 눈초리로 고정훈을 바라보았다.

고정훈은 마이더스의 스카우터.

사람을 대하는 일을 맡고 있었기에 어지간히 이름 있는 사람이라면 알고 있을 게 분명했다.

문제는 최태성이 고정훈을 믿을 수가 없다는 것.

최태성은 고개를 휘휘 저으며 말했다.

"도망갈 생각하지 마."

"예."

"도망가면 죽일 거야."

"알고 있습니다."

자신을 죽인다는데 너무도 덤덤했다. 초탈한 목소리에 고정훈의 얼굴을 본 최태성은 다시 핸들을 잡고 운전을 계속했다.

F식당.

사면이 유리로 되어 어디에 앉던 바깥에서 안이 보이는 구조였다.

혀를 한 번 찬 최태성이 고정훈을 끌고 식당으로 들어서자 전화가 울렸다.

─도착하셨습니까?

"도착하자마자 전화하는 꼬라지를 보니까 어디선가 보고 있나 본데 그냥 나오지? 이 짓도 슬슬 귀찮은데."

─일단 식사부터 하시죠.

"미행이고 뒤따라오는 새끼고 아무것도 없으니까 뺑뺑이 그만 돌리라고."

최태성이 목소리를 깔고 협박조로 말했지만 기괴한 목소리는 아무런 변화도 없이 대답했다.

─일단 식사부터 하고 계십시오. 금방 가겠습니다.

제 할 말을 마친 목소리가 전화를 끊자 최태성은 핸드폰을 내려놓으며 낮게 읊조렸다.

"개 같은……."

그 사이 고정훈은 메뉴판을 보고 있었다. 고정훈의 정수리를 한 번 바라본 최태성은 주변을 살폈다.

밥을 먹으러온 일반인이 대부분이었고 각성자로 보이는 사람은 없었다. 내부를 살핀 최태성은 담배를 꺼내 물었다.

그 순간, 식당의 아르바이트생이 다가오며 말했다.

"손님, 저희 가게는 금연입니다."

최태성은 표정을 바꿔 미소를 지으며 대답했다.

"아, 예, 나가서 필게요."

아르바이트생 또한 미소를 지으며 돌아가자 최태성이 말했다.

"아무거나 시켜 둬."

"예."

가식적인 모습에도 고정훈은 표정 변화 없이 고개를 끄덕일 뿐이었다. 최태성이 담배를 들고 나가자 고정훈이 벨을 눌러 아르바이트생을 불렀다. 그 사이에도 최태성의 눈은 고정훈에게로 고정이 되어 있었다.

거리는 20m가량.

무슨 일이 생김과 동시에 고정훈을 낚아챌 수 있는 거리였다.

최태성이 담배에 불을 붙이려고 고개를 숙였다 든 순간 아르바이트생이 최태성과 고정훈 사이에 섰고, 두 사람의 입이 가려지자 무슨 대화를 나누고 있는지 보이지 않았다.

'설마?'

최태성이 담배를 던지고 들어가려는 순간 아르바이트생이 고개를 끄덕이고 카운터로 돌아갔다.

'과민반응인가?'

최태성이 다시 담배를 입에 물고 고정훈의 표정을 살폈지만 아무런 변화 없이 창밖을 바라보고 있을 뿐이었다.

고정훈은 방금 아르바이트생이 하고 간 말을 되뇌었다.

'구출이라……'

되물을 시간도, 얼빠진 표정을 지을 시간도 없었다.

모든 주문을 받아 적은 알바생은 '구출'이라는 두 글자를 던지듯 말한 뒤 돌아가 버렸다.

고정훈은 표정을 숨기기 위해 창밖을 바라보았다.

'누가, 왜, 나를.'

답은 금방 나왔다.

신혁돈 측의 사람일 것이다. 고정훈이 최태성의 손에 있다가는 무슨 일이 벌어질지 모르니까.

고정훈이 생각하는 사이 담배를 다 태운 최태성이 들어왔다

"무슨 얘기 했어?"

"주문했습니다."

고정훈은 최태성을 슥 바라본 뒤 실내로 시선을 던졌다.

최태성은 고정훈의 시선을 쫓다가 아르바이트생을 바라보며

말했다.

"알바 예쁘네. 그렇지?"

"예."

"형 아들이 몇 살이지?"

"아홉 살입니다."

"한참 말 안 들을 때네."

고정훈은 고개를 돌려 최태성의 눈을 바라보았다.

"뭐 그런 무서운 눈을 하고 그래? 그러다 잡아먹겠어?"

고정훈은 눈을 피하지 않았다.

두 사람의 분위기가 험악해지려는 순간.

아르바이트생이 음식을 가지고 나왔다.

순식간에 분위기가 깨지며 두 사람의 시선 사이로 음식이 놓였다.

"일단 먹지."

"예."

*　　　　*　　　　*

고정훈과 최태성이 식사를 마칠 때쯤.

모든 준비를 마친 윤태수가 최태성에게 전화를 걸었다.

"늦어서 죄송합니다. 이제 도착했으니 A공장으로 오십시오."

―이런 개……."

"그럼 A공장에서 기다리고 있겠습니다."

전화를 끊은 윤태수가 3층 컨트롤 룸에 놓인 마네킹을 바라보았다. 방 안에는 의자가 하나 놓여 있었고 마네킹이 앉혀져 있었다. 마네킹은 검은 옷을 입고 얼굴엔 마스크까지 쓰고 있어서 창문으로 봐서는 영락없는 사람으로 보였다.

공장은 총 3층의 건물로써 2층에는 난간과 계단이, 3층에는 컨트롤 룸이 존재했다.

컨트롤 룸을 나온 윤태수는 공장을 내려다보았다. 거대한 기계들이 있던 흔적만 남아 있고 먼지가 가득한 공장에는 수많은 조명이 설치되어 있었다.

윤태수는 선글라스를 낀 뒤 스위치를 올렸다. 그러자 어둠이 내리던 공장 안에 태양이라도 뜬 듯 확 밝아졌다.

선글라스를 끼고 있음에도 눈이 부셔오는 밝기.

인상을 찌푸린 윤태수가 스위치를 내리고 모든 조명에 검은 천을 덮는 작업을 마치자 핸드폰이 울렸다.

[최태성 출발했습니다. 미행은 없습니다.]

민강태에게서 온 문자였다.

문자를 확인한 윤태수는 1층으로 내려와 천장을 올려보았다.

천장에는 거대한 철근들이 핀으로 고정되어 있었다. 누군가 살짝 건드리기만 해도 바닥으로 곤두박질칠 것 같은 모양새

윤태수는 만족스럽게 고개를 끄덕인 뒤 철근 바로 아래 2개의 의자를 놓았다.

의도한 대로 떨어진다면 최태성과 고정훈 사이에 하나가 떨어진 뒤 나머지는 최태성의 위로 떨어질 것이었다.

이걸로 최태성을 죽일 수 있을 것이라고 생각하진 않았다.

단지 시간을 끌 수단일 뿐이었다.

철근의 위치를 다시 한 번 확인한 윤태수가 마이크를 들었다.

"아아, 마이크 테스트."

기괴하게 변조된 목소리가 공장 전체에 울렸다.

마이크까지 확인한 윤태수는 최태성의 자리에 앉아 컨트롤 룸을 바라보았다. 그러자 마네킹의 형상이 얼핏 보였다. 여러 각도에서 마네킹을 확인한 뒤 공장 밖으로 나섰다.

공장 밖, 외딴 곳에 주차되어 있는 차에 들어가자 공장 내부를 비추는 CCTV 화면이 보였다. 두 번 세 번 완벽히 체크를 하고 나자 산기슭에 걸려 있던 해가 지고 어둠이 내렸다.

[최태성 공장 입구 도착했습니다.]

[미행 없는 거 다시 한 번 확인했습니다.]

메시지가 도착하기 무섭게 차 한 대가 공장으로 들어가는 모습이 보였다.

윤태수는 떨거지 셋에게 메시지를 보냈다.

[시작.]

*　　　*　　　*

"가지고 노네, 가지고 놀아."

차에서 내리자마자 담배를 문 최태성이 공장을 올려보며 중얼거렸다. 어둠이 내린 공장은 을씨년스럽기 그지없었지만 최태성은 거침없이 문을 발로 차고 공장으로 들어갔다.

그 순간.

―어서 오십시오.

기괴한 목소리가 공장 전체를 울렸다.

여러 개의 스피커가 설치되어 있어 소리의 근원을 찾을 수 없었다. 최태성은 두 개의 의자를 발견하고 말했다.

"앉으라고?"

―예, 거기 앉으시면 됩니다.

"그래."

최태성과 고정훈이 자리에 앉아 주변을 둘러보았다.

4등급 각성자긴 했지만 밀리 계열도 아니고, 시력을 좋게 만들어주는 스킬도 없는 최태성은 구석에 놓인 데다 검은 천으로 싸여 있는 조명을 발견하지 못했다.

―물건은 가져오셨습니까?

최태성은 고정훈에게 손짓했고 고정훈이 품에서 벨라루스의 귀걸이를 꺼내들었다. 새끼손톱만 한 귀걸이를 손바닥에 올리자 스피커에서 목소리가 흘러나왔다.

―의심이 많아서… 한번 착용해 보시겠습니까?

고정훈은 최태성을 바라보았고 최태성이 고개를 끄덕이자 고정훈이 귀걸이를 귀에 걸었다.

벨라루스의 귀걸이.

착용만 하고 있다면 하루에 한 번 어떠한 상태 이상이라도 막아주는 아이템이었다.

그 덕에 꽤 높은 가격을 호가하고 있는 물건.

그리고 벨라루스의 귀걸이가 막아주는 상태 이상 중에는 '실명' 또한 포함된다.

고정훈이 귀걸이를 착용하는 것을 확인한 순간 윤태수가 스위치를 올렸다.

휘릭.

조명을 덮고 있던 모든 천이 벗겨짐과 동시에 강렬한 조명이 고정훈과 최태성을 향해 쏘아졌다.

번쩍!

그 순간.

"이 개새끼들이!"

최태성은 눈을 감음과 동시에 능력을 발휘시켰다. 순식간에 나무 덩굴처럼 늘어난 최태성의 팔이 고정훈의 손목을 감쌌다.

철컹!

그 순간 거대한 철근을 고정시키고 있던 핀이 빠졌고, 철근이 두 사람의 머리 위로 떨어져 내렸다.

후우웅!

벨라루스의 귀걸이로 인해 빠르게 시야를 회복한 고정훈은 자신과 최태성의 사이로 떨어지는 넓은 철근을 확인했다.

이대로 철근이 떨어진다면 최태성에게 붙잡힌 팔목 위로 떨어질 것이었다.

최태성 쪽으로 피하자면 피할 수 있다.

하지만 그렇게 한다면 다시는 도망칠 수 없을 것이었다. 그렇게 할 순 없다. 그렇다고 자신의 힘으로는 최태성에게 붙잡혀 있는 팔목을 빼낼 수도 없는 상황.

최선의 수를 찾던 고정훈이 입술을 깨물었다.

'팔을 버린다.'

찰나가 지나고 최태성이 고정훈을 바라본 순간.

그들의 손 위로 철근이 떨어져 내렸다.

쾅!

콰직!

"으악!"

그때, 숨어 있던 고준영이 엄청난 속도로 달려 나왔다.

차원지기의 코어를 흡수하며 얻은 새로운 능력.

'순간가속'

벽 뒤에서 튀어나온 고준영은 어마어마한 속도로 달려와 고정훈을 낚아챘다. 그와 동시에 공장의 문이 열리며 윤태수가 타고 있던 승합차가 나타났다. 고정훈을 승합차에 던져 넣음과 동시에 고준영 또한 차에 탑승했다.

그 순간.

쾅쾅쾅쾅!

준비되어 있던 철근 십수 개가 최태성의 위로 떨어지며 기긴이 난 듯 땅이 울렸다.

그와 동시에 승합차가 출발했다.

*　　　　*　　　　*

"헉… 헉……."

"으… 으어……."

고준영의 거친 숨소리와 고통에 가득 찬 고정훈의 신음소리가 차 안에서 울렸다. 그때, 뒷좌석에서 얼굴 하나가 슥 튀어나오며 고정훈에게 말을 걸었다.

"구면이죠?"

찰나의 순간 수많은 일이 벌어졌다.

조명이 켜진 순간 최태성이 자신의 손목을 쥐었고, 그 위로 철근이 떨어졌다. 고정훈이 자신의 손목을 포기했고, 그때 노란 머리의 사내가 어디선가 튀어나와 자신을 낚아챘다.

그리고 최태성의 위로 철근이 쏟아져 내렸다.

조명이 켜질 때부터 차에 탑승하기까지 걸린 시간은 3초가량. 도무지 믿을 수 없었지만 잘려나간 왼쪽 손목에서 오는 고통이 현실임을 증명했다. 생각을 정리하는 사이 말을 걸었던 얼굴, 윤태수가 자신의 상의를 벗어 고정훈에게 건넸다.

"그걸로 지혈이라도 하십쇼."

고정훈은 덜덜 떨리는 손으로 잘린 손을 감쌌다.

"손목 하나면 목숨값치고는 싸네."

말을 마친 윤태수가 쯧 하고 혀를 차며 시트에 기댔다.

제4장

복수는 차갑게
그리고 천천히IV

모든 사람이 떠난 A 공장.

철근이 어지러이 쌓여 있었다.

깡!

깡깡!

금속이 금속을 때리는 소리가 공장 안을 가득 메웠다.

소리가 계속되던 어느 순간.

쾅!

철근 하나에 구멍이 났고, 구멍을 통해 검은 껍질의 덩굴이 기어나왔다.

덩굴은 철근을 하나씩 치워냈고 이내 사람 하나가 지나갈 만한 공간이 생기자 검은 껍질에 둘러싸인 사람이 빠져나왔다.

"헉… 흐억……."

마치 가뭄이 난 땅과도 같은 피부를 가진 사내, 최태성은 철근 사이를 빠져나오자마자 능력을 해제했다.

그러자 피부가 인간의 그것으로 돌아왔고, 최태성은 철근에 기대 숨을 몰아쉬었다.

"이 개 같은 새끼들이 나를 엿 먹이네."

최태성은 욕지기를 내뱉다가 허탈하게 웃었다.

"하……."

최태성은 담배를 꺼내기 위해 오른손을 움직였지만 마음대로 움직이질 않았다. 그제야 최태성의 눈이 자신의 오른손으로 향했고, 꺾일 수 없는 방향으로 꺾여 있는 오른 손목을 발견했다.

"이런 쌍!"

최태성은 달랑거리는 팔목을 한 번 바라본 뒤 왼손으로 담배를 꺼내 물고 불을 붙였다. 그러고는 주머니에서 핸드폰을 꺼내 들었다.

"…깨졌네."

핸드폰은 철근이 떨어질 때 잘못 맞았는지 아예 반 토막이 나 있었다.

"되는 게 없네… 씨발."

최태성은 한숨과 함께 담배 연기를 길게 뱉었다.

*　　　　*　　　　*

"핫!"

왼손에는 검을, 오른손에는 지팡이를 든 백종화가 괴물들 사이로 뛰어들었다.

"카악!"

그 순간 개의 머리를 하고 지네의 몸을 가진 괴물이 기성을 지르며 백종화를 향해 아가리를 벌렸다.

백종화는 당황하지 않고 공격을 피하며 괴물의 입에 검을 쑤셔 넣었다.

"얼어라!"

백종화의 언령에 지팡이에 달린 푸른 수정이 빛을 발했고 백종화의 검이 꽂힌 개의 머리가 얼어붙었다.

그와 동시에 검을 털어내자 얼어붙은 개의 머리가 박살나며 얼음 조각이 흩날렸다.

쩅강!

백종화는 언령 하나만으로는 일반적인 메이지와 다를 것 없다는 것을 깨닫고 더욱 강해지기 위해 검을 들고 전장으로 뛰어드는 선택을 했다.

그 결과, 백종화는 마치 밀리 계열의 각성자처럼 근접전을 펼치며 언령마법을 난사했고, 꽤나 훌륭한 전투 스타일을 확립할 수 있었다.

개의 머리와 지네의 몸을 한 괴물이 쓰러지기 무섭게 사방에서 괴이한 모습을 한 괴물들의 공격이 쏟아졌다.

거대한 사마귀의 모습의 얼굴만 곰인 괴물의 공격을 막은 백종화는 거리를 벌리며 다시 한 번 외쳤다.

"무너져라!"

그러자 사마귀 괴물이 딛고 있던 땅이 꺼졌고 괴물이 균형을 잃은 순간 백종화의 검이 괴물의 다리를 잘라냈다.

순식간에 주변의 몬스터를 전부 정리한 백종화가 신혁돈을 바라보았다.

자신도 꽤나 잘 싸우고 있다 생각했지만 신혁돈은 차원이 달랐다.

어글리 베어의 몸을 하고 몰맨의 손을 지닌 신혁돈은 상상 이상의 힘과 스피드로 괴물들을 학살하고 있었다.

마치 싸움을 위해 태어난 사람처럼 모든 동작이 공격으로 이어졌고, 공격을 통해 방어해냈다.

단 한 번의 공격으로 괴물을 격살하고 몸을 돌림과 동시에 다른 괴물의 머리를 노린다.

손이 닿지 않을 땐 발로, 둘 다 공격할 수 없는 거리에 들면 어글리 베어로 변한 긴 주둥이로 괴물의 목을 물어뜯었다.

'확실히 사람은 아니야.'

"까악!"

그때 들린 소리에 백종화가 하늘을 올려보았다.

하늘에서도 치열한 전투가 펼쳐지고 있었다.

어느새 날개 길이만 4m는 될 정도로 성장한 육눈수리, 도시락은 날개가 달린 괴물들과 전투를 벌이고 있었다.

톱날과도 같은 부리로 가까이 오는 것을 물고, 엄청난 날개 힘으로 다가오는 괴물들을 쳐낸다.

'그 주인에 그 펫이군.'

고개를 절레절레 저은 백종화는 남은 괴물들을 바라보았다.

신혁돈은 자신이 잡은 괴물의 에르그 코어는 모두 자신이 흡수했다.

그랬기에 백종화가 빨리 강해지기 위해서는 더욱 많은 괴물을 사냥해야 했다. 백종화는 생각을 멈추고 괴물을 향해 달려들었다.

[최종 웨이브까지 누구의 희생도 없이 막아내셨습니다.]

[위대한 업적! 클리어 시 위대한 보상이 주어집니다.]

[곧 두 번째 차원지기가 등장합니다!]

[남은 시간 : 1시간 21분 19초… 18초……]

"흐어……."

40분간의 치열한 전투로 녹초가 된 백종화가 바닥에 쓰러졌다. 336시간 중 334시간을 버텨낸 것이다.

2시간에 한 번씩 전투했으니 총 167번의 전투를 하고 마지막 전투를 남겨둔 상태였다.

그동안 얻은 무구는 총 13개.

반지와 목걸이, 검과 지팡이는 물론이거니와 도끼와 메이스까지 별의별 것이 다 나왔다.

신혁돈이 챙긴 반지 하나를 제외하면 나머지는 모두 백종화가 챙겼다.

그 덕에 백종화는 동급의 각성자들보다 훨씬 강력한 힘을 가질 수 있었지만, 마냥 기뻐할 수만은 없었다.

백종화가 기뻐하며 무구를 챙길 당시.

"그거 공짜 아니다."

"…예?"

"그 아이템, 돈 받을 거라고."

백종화는 자신이 챙긴 아이템 4가지를 내려 보았다.

검과 지팡이, 그리고 가슴을 감싸는 브레스트 아머와 목걸이 하나였다.

검을 제외하면 전부 메이지 계열에 도움이 되는 무구들이었고, 전부 합치자면 아파트 한 채는 나올 가격.

백종화는 어쭙잖은 미소를 지었지만 신혁돈은 씨도 안 먹힌다는 듯 눈을 감고 누워버렸다.

'…어떻게든 되겠지.'

나머지 아이템을 다 처분해서 자신의 몫으로 떨어지는 걸 전부 뱉으면 어떻게든 되긴 할 것이었다.

애써 긍정적으로 생각한 백종화가 신혁돈에게 말했다.

"이제 저 좀 잘 싸우지 않습니까?"

"0.8인분 정도"

"…그것밖에 안 됩니까?"

"후하게 준 건데."

백종화는 미간을 구겼지만 반발할 말은 없었다.

신혁돈이 하는 것을 1인분으로 본다면 자신이 0.8인분을 한다는 건 말 그대로 후하게 준 것이었으니까.

구시렁거리던 백종화가 도시락을 보며 물었다.

"그나저나 쟤 어떻게 데리고 나가실 겁니까?"

도시락은 어느새 어지간한 SUV정도로 커져 있었다. 중생대에 살았다던 시조새가 생각나는 외관.

그래도 새인지라 날개를 접고 있으면 작아 보이긴 했지만 날개를 펴는 순간 위압감이 일었다.

신혁돈은 도시락을 한 번 바라본 뒤 말했다.

"잘."

결국 백종화는 생각하는 것을 포기하고 벌렁 누웠다. 앞으로 2시간 후면 최종 보스인 차원지기가 등장할 테니 미리 쉬어두어야 했다.

*　　　　*　　　　*

[남은 시간 : 3초··· 2초··· 1초··· 0초.]
[두 번째 차원지기가 등장합니다.]

두 사람과 한 마리의 새가 전투태세를 마치고 선 순간.

나무들이 연기로 화해 사라지며 거대한 덩어리가 눈에 들어왔다.

"맙소사……"

거대한 덩어리가 한 걸음 내디딜 때마다 괴물들의 기성과 함께 땅이 울렸다.

마치 지금까지 등장했던 모든 괴물을 섞어놓은 듯한 모양새.

배에는 거대한 입이 달려 있었고, 팔의 종류는 셀 수도 없이 많았다. 대지를 굳건히 버티고 있는 다리는 코끼리의 그것과도 비슷했고, 날카로운 가시가 사방으로 돋아 있었다.

"저게 뭡니까?"

신혁돈은 몬스터 폼을 발동하며 말했다.

"키메라."

일반적인 차원의 틈에서는 볼 수 없는 아종으로 어떻게 생성되는지 밝혀진 바는 없다. 특징으로는 모든 괴물을 섞어놓은 듯한 외형을 가지고 있으며, 어떤 능력을 가졌는지 예측할 수 없다는 것.

신혁돈이 긴장한 모습을 본 백종화 또한 긴장감에 굳은 몸을 풀었다.

그러자 신혁돈이 키메라를 향해 걸어가며 말했다.

"맞으면 죽는다."

신혁돈이 말하지 않아도 외형을 보는 순간 알 수 있었다.

수십 개의 손 중 하나에라도 걸린다면 오체분시를 당할 것 같았다.

"최대한 후방에서 괴물의 눈을 끌어라."

"예."

백종화가 키메라의 몸에 달린 수십 개의 눈 중 어떤 눈의 이목을 끌어야 할지 고민을 하는 순간 신혁돈이 키메라를 향해 달려들었다.

선 키가 4m에 달하는 키메라 또한 기성을 지르며 신혁돈을 향해 몇 개의 팔을 휘둘렀다.

신혁돈은 곡예에 가까운 움직임을 보이며 모든 공격을 피해냈고 그 와중에 몰맨의 손톱을 휘둘러 키메라의 팔을 끊어냈다.

"키꾸에!"

키메라는 알 수 없는 기성과 함께 피를 흘렸다. 그와 동시에 키메라의 몸에 있던 모든 눈이 신혁돈에게로 향했다.

백종화는 들고 있던 검을 허리춤에 대충 끼운 뒤 양손으로 지팡이를 들었다.

"무너져라!"

그러자 키메라가 딛고 있던 땅이 무너져 내렸고 균형을 잃은 순간 신혁돈이 키메라의 팔을 잘라갔다.

"까악!"

도시락 또한 키메라의 머리 주변을 맴돌며 계속 신경을 거슬리게 했다.

그 순간.

"꾸키!"

키메라의 몸이 세 조각으로 갈라졌다.

"…이런 미친."

한 조각은 날아올라 도시락을 상대했고, 한 조각은 백종화를 향해, 남은 조각은 신혁돈의 위로 떨어져 내렸다.

신혁돈은 재빨리 움직이며 싸움을 시작했고, 백종화는 바로 검을 뽑아들며 자신을 향해 쏟아지는 가시 달린 팔을 쳐냈다.

깡!

마치 쇠를 치는 듯한 소리와 함께 백종화가 뒤로 날아갔다.

키메라의 팔에 실린 힘을 완벽히 해소해내지 못한 것이었다. 백종화가 쓰러진 순간, 그의 위로 키메라의 다리가 떨어져 내렸다.

"멈추어라!"

움찔.

키메라의 다리가 허공에서 멈추었고 백종화는 재빨리 몸을 굴려 일어났다.

어느 정도 거리를 벌린 백종화는 뒤도 돌아보지 않고 도망쳤다.

1:1로는 절대 이길 수 없다.

가까스로 죽음의 위기에서 벗어난 백종화는 곁눈질로 신혁돈을 바라보았다.

신혁돈은 쉬지 않고 키메라의 조각을 몰아붙이고 있었으나 재생력이 뛰어나 쉽게 끝날 것 같지 않았다.

'재생을 막아야 한다!'

백종화를 상대하던 키메라의 조각이 백종화에게서 관심을 끄고 신혁돈에게로 향했다.

순식간에 두 마리가 들러붙자 신혁돈의 손발이 어지러워지며 수세에 몰렸다.

"젠장! 타올라라!"

백종화의 말과 동시에 신혁돈을 상대하던 두 마리의 키메라 몸에 불이 붙었다.

그러자 신혁돈이 뒤로 물러나며 소리쳤다.

"불 꺼!"

백종화는 당황하며 언령을 발휘했고 키메라의 몸에 붙어 있던 불이 꺼졌다. 하지만 키메라들은 화상을 입었고 재생하는 속도가 느려져 있었다.

"물러서!"

백종화는 뒤로 물러섰고 신혁돈은 키메라와 2 : 1을 펼치게 되었다.

하지만 신혁돈의 표정은 변함이 없었다.

'할 수 있다.'

만약 아이가투스의 눈속임 망토를 얻기 전이라면 힘이 들었을 수도 있었다.

하지만 망토를 얻은 덕에 감각은 극대화되어 있었고 '눈속임'까지도 사용할 수 있다.

신혁돈은 호흡을 가다듬으며 모든 감각에 집중했다.

그러자 키메라 두 마리의 호흡과 움직임. 그들의 심장이 뛰는 소리까지도 신혁돈의 귀에 들려왔다.

'아니, 이긴다.'

신혁돈이 키메라 한 마리를 향해 쏘아졌다.

그 순간, 눈속임이 발동되었다.

모든 감각을 빼앗긴 키메라가 당황하며 몸에 달린 모든 것을 휘둘렀으나 눈 먼 공격에 맞아줄 신혁돈이 아니었다.

신혁돈은 가뿐히 공격을 피하며 키메라의 몸통에 양팔을 꽂아 넣었다.

그와 동시에 양팔에 힘을 주어 팔을 벌렸고 키메라 한 마리를 두 동강을 내버렸다.

"킥카!"

한 마리 남은 키메라가 신혁돈에게 달려들었고 신혁돈은 알고 있었다는 듯 여유로운 움직임으로 공격을 피하며 소리쳤다.

"얼려!"

"얼어라!"

키메라의 공격이 신혁돈의 머리 바로 앞에서 멈추었고 신혁돈은 머리를 빼내며 역으로 키메라의 목을 물어뜯었다.

"쿠꺼!"

목을 뜯긴 키메라가 균형을 잃고 쓰러지자 신혁돈이 키메라의 위로 올라타 무자비하게 손톱을 휘둘렀다.

순식간에 조각난 키메라는 재생력을 잃었고, 흩어진 조각을 백종화가 태워버렸다.

위기에서 벗어난 것도 잠시.

"까악!"

하늘에서 격전을 펼치고 있던 도시락이 날개를 물려 땅으로 떨어져 내렸다.

쿵!

"떨어져!"

도시락의 목을 물려던 키메라가 언령에 의해 튕겨 나간 순간. 마치 공을 받듯 신혁돈이 날아들며 키메라의 머리를 쥐어뜯었다.

푸확!

"태워!"

"불타라!"

신혁돈의 말에 백종화가 키메라의 시체에 불을 붙였고, 키메라가 움직임을 멈추었다.

[아이가투스의 두 번째 차원을 그 누구의 희생도 없이 클리어하셨습니다.]

[위대한 업적을 달성하셨습니다.]

이후로 계속해서 수많은 메시지가 떠올랐다.

이 정도의 보상을 처음 보는 백종화는 화등잔만 하게 눈을 뜨며 메시지를 훑기 바빴다. 신혁돈은 메시지를 대충 치운 뒤 키메라가 사라지며 떠오른 에르그 코어에 손을 얹었다.

그러자 에르그 코어는 두 가지 형상을 이루었다.

하나는 가이아의 목소리였고, 다른 하나는 차원지기의 코어였다.

그와 동시에 신혁돈에게만 메시지가 떠올랐다.

[아이가투스의 눈속임 망토가 성장했습니다]
[현재 성장 단계 2/11]
[오감과 에르그 에너지를 전보다 명확하게 느낄 수 있습니다.]
['눈속임' 의 지속시간이 0.1초 늘어납니다.]

차원지기의 에르그 코어나 아이가투스의 이름이 붙은 아이템을 얻진 못했지만 아쉬울 것은 없었다.

총 13개의 무구를 얻을 수 있었고 전보다 훨씬 농축된 차원지기의 코어를 얻었다.

게다가 아이가투스의 눈속임 망토가 성장했다.

굳이 메시지를 보지 않아도 몸으로 느낄 수 있었다.

전보다 감각이 발달했다.

마치 저음질 이어폰을 쓰다 고음질의 이어폰을 쓰듯 오감으로 받아들이는 정보의 질 자체에 차이가 났다.

메시지를 확인한 신혁돈이 가이아의 목소리 또한 확인해 보았다.

감각의 마왕. 아이가투스에게 도전하기 위해서는 11번의 시련을 이겨내야 한다.

그중 세 번째 시련은 이렇다.

아이가투스의 세 번째 차원을 3일 안에 클리어할 것.

다음 목표가 정해졌다.
만족스러운 미소를 지은 신혁돈이 백종화를 향해 말했다.
"나가자."
"끝난 겁니까?"
"그래."
"만세!"

＊　　　　＊　　　　＊

신혁돈과 백종화가 도착했다는 소리를 들은 윤태수와 세 떨거지, 안지혜는 사무실 앞 1층으로 마중을 나갔다.
"…저게 뭐야."
그들은 어마어마하게 성장한 도시락을 보고 한 번 놀랐고.
"어어!"
양 손 가득 아이템을 들고 오는 백종화의 모습을 보고 다시한 번 놀랐다.
"설마 그게 다 아이템입니까?"
백종화는 함박웃음을 지으며 고개를 끄덕였다. 백종화는 윤태수 또한 함박웃음을 지을 것이라 생각했지만 윤태수는 표정을 굳힌 채 신혁돈에게로 걸어왔다.
"형님, 드릴 말씀이 있습니다."

"뭔데 분위기를 잡아?"

"고정훈이 최태성한테 잡혔었습니다."

신혁돈은 미간을 찌푸리며 물었다.

"과거형이네. 지금은?"

"잘 해결했습니다."

신혁돈은 쯧 하고 혀를 찼다.

윤태수는 고개를 숙였고 신혁돈은 그의 정수리를 빤히 바라보다 말했다.

"들어가서 얘기하자."

"예."

*　　　　*　　　　*

자신이 아이가투스의 차원에 가있던 동안 벌어진 일을 들은 신혁돈은 무표정한 얼굴로 물었다.

"노출된 사람은?"

"없습니다."

"확신하는 근거는?"

"한 명이라도 들켰다면 형님이 차원문에서 나오시기도 전에 다 죽었을 겁니다."

"그게 끝이야?"

"지금으로선 이게 답니다. 고정훈을 구하는 것보다 저희 신분 노출을 막는 것에 더 신경을 썼으니 그건 걱정 안 하셔도 될 겁니다."

윤태수의 말에 천천히 고개를 끄덕인 신혁돈이 웃음을 터뜨렸다.

지금까지 신혁돈이 소리 내어 웃는 것을 처음 본 윤태수와 떨거지들, 그리고 백종화까지도 얼떨떨한 얼굴로 신혁돈을 바라보았다.

몇 초간 웃은 신혁돈은 여운이 남은 얼굴로 말했다.

"잘했다."

"…예?"

"최태성, 아주 약이 바짝 올랐겠는데."

"그렇겠죠. 다음번에 뭘 요구하면 어떻게든 절 죽이려 할 겁니다."

"당연하지."

다시 한 번 웃음을 터뜨린 신혁돈이 말을 이었다.

"어쨌거나 잘 처리했다. 그건 그렇고 새로운 스킬들을 얻었다고?"

"예."

윤태수는 떨거지 셋을 한명씩 가리키며 설명했다.

정리하자면 노란 머리 고준영이 순간 가속, 덩치 민갑태가 넘치는 힘, 실눈 한연수가 피부 강화였다.

설명을 들은 신혁돈이 고개를 끄덕이며 물었다.

"셋이 1인분은 하겠네. 너는?"

윤태수는 쯧 하고 혀를 찼다.

"얼마나 좋은 게 생기려는지 아직 없습니다."

"그럼 이번에 만들어라."

신혁돈은 말과 함께 차원지기의 코어를 건넸다.

이미 한 번 맛을 본 윤태수와 떨거지들의 눈이 화등잔만 하게 커졌다.

"맙소사… 차원문 가실 때마다 하나씩 가져오시는 겁니까?"

"비슷해."

전의 것보다 색도 진하고 크기도 컸다. 침을 꿀꺽 삼킨 윤태수는 백종화를 바라보며 물었다.

"형은?"

"괜찮아."

백종화는 2주 동안 신혁돈과 사냥하며 원래 가지고 있던 것보다 훨씬 많은 양의 에르그 코어를 흡수할 수 있었기에 필요 없었다.

"감사합니다."

윤태수가 일어나 신혁돈에게 고개를 숙였고, 떨거지들도 함께 고개를 숙였다.

대충 손을 저은 신혁돈이 말했다.

"다른 건 없고?"

"간단히 정리 드리자면 관리국에서 형님을 애타게 찾고 있습니다. 이유는……."

윤태수의 눈이 어찌어찌 몸을 구기고 사무실 구석에 들어와 있는 도시락에게로 향했다.

"쟤 때문입니다."

꾸벅꾸벅 졸고 있던 도시락은 자신에게 모두의 시선이 쏠리자 여섯 개의 눈을 반쯤 뜨고선 까악 하고 작게 울었다.

"더 자라."

그러다 신혁돈의 말에 눈을 감고선 자신의 깃털에 머리를 묻었다.

"주변 CCTV는 다 정리했냐?"

"예, 다 장악해 둔 상태입니다."

아무리 CCTV를 장악해 둔 상태라 한들 4m짜리 괴물이 날아다니면 당연히 이목이 집중될 수밖에 없다.

도시락을 바라보던 신혁돈이 천천히 고개를 끄덕였다.

"알아서 하지."

"알겠습니다. 그리고 마이더스가 제2공격대를 소집했습니다. 최태성이 홧김에 소집한 게 아닌가 하고 알아보니 명령권자가 길드장이었습니다. 그래서 이리저리 알아본 결과 오렌지 홀 B등급 공략에 나서는 것 같습니다."

마이더스의 제2공격대가 4등급을 받은 지도 좀 되었으니 타이밍은 딱 맞아 떨어진다.

만약 이번에 오렌지 홀 B등급 차원문 공략에 성공한다면 마이더스는 더 가드를 완벽히 따돌리고 대한민국 1위 길드의 자리를 굳건히 지킬 것이다.

그렇겐 안 되지.

"마이더스에서 빼낼 거 있냐?"

윤태수는 고개를 저었다.

"고정훈한테 어지간한 건 전부 받았습니다."

"목숨 값으로?"

"그렇죠 뭐, 마이더스에 더 필요한 건 없습니다."

"그래? 그럼 터뜨려."

"…예?"

"USB 터뜨리라고. 언론사, 거대 길드, 방송국에 전부."

"지금 그래도 되, 됩니까?

윤태수는 얼마나 당황했는지 말까지 더듬었다.

신혁돈이 원하는 것은 마이더스와 더 가드의 끊임없는 경쟁이다. 그것을 위해선 지금이 적기였다.

"그래. 오늘 새벽에 다 돌려라. 내일 아침부터 난리 나게."

"알겠습니다."

신혁돈은 자리에서 일어나며 말했다.

"일단 밥이나 먹자."

*   *   *

다음 날 아침, 대한민국이 뒤집혔다 할 정도로 어마어마한 사건이 터졌다. 대한민국에서 가장 유명한 각성자, 최태성이 살인교사와 살인, 폭행 등의 혐의로 불구속 입건된 것이다.

최태성 측은 모두 사실이 아니며 조작된 영상과 사진이다. 우리 길드를 음해하려는 세력의 수작이라는 등 변명을 했다.

대한민국이 들썩이는 와중, 관리국에서도 소소한 일이 벌어졌다. 물론 그들의 입장에서는 소소한 일이 아닌 대형 사건이었지만.

출근을 한 뒤 관리국의 옥상에서 커피 한 잔과 담배 한 대의 여유를 즐기고 있던 이남정은 멀리서 날아오는 무언가를 발견했다. 새끼손톱보다 작았던 점은 무서우리만치 빠르게 커졌고, 이내 형체를 확인할 수 있을 정도로 커졌다.

"괴… 괴물!"

어마어마한 크기의 괴물은 다른 것은 바라보지도 않고 관리국을 향해 똑바로 날아오고 있었다.

이남정은 커피와 담배를 동시에 떨어뜨렸다.

"맙소사."

그대로 건물로 달려 들어간 이남정은 소화전의 비상 스위치를 누르며 소리쳤다.

"비상! 괴물이 나타났습니다!"

순식간에 비상이 걸리며 관리국의 모든 전투 인원이 소집되었다.

그 사이 거대한 괴물은 관리국의 주차장에 착륙했다.

관리국의 모든 전투 인원들이 주차장으로 뛰어 나와 괴물을 둘러싼 순간 이남정은 거대한 괴물 등에 타고 있는 사람을 볼 수 있었다. 그의 모습을 발견한 이남정은 입을 떡 벌렸다.

그 순간.

"공격하지 마! 괴물이 아니다!"

눈앞에서 여섯 개의 붉은 눈을 부라리고 톱과 같은 이가 비죽비죽 솟아있는 부리를 날카롭게 빛내고 있는 녀석이 괴물이 아니라는 말을 믿을 수 있을 리가 없었다.

괴물은 자신을 둘러싸고 있는 사람들이 마음에 들지 않는지 날개를 펼치며 기성을 질렀다.

"까악!"

순간 도시락을 둘러싸고 있던 이들이 움찔하며 한 걸음 물러섰다. 도시락은 신혁돈에게 구박받던 것을 모두 풀겠다는 듯 이리저리 부리를 휘두르며 계속 기성을 질렀다.

그 순간.

빡!

"꺽!"

무언가 얻어맞는 소리와 함께 괴물의 머리가 휘청였다. 그리고 괴물의 등 위에서 사람이 하나 뛰어 내렸다.

"시끄러."

머리를 얻어맞은 도시락은 조용히 날개를 접었다.

도시락의 등에서 뛰어내린 신혁돈은 자신을 둘러싸고 있는 이들을 쓱 훑어본 뒤 말했다.

"나를 찾는다 하던데 말입니다."

"예?"

제일 앞에 서있던 이가 상황 파악을 하지 못하고 주변을 둘러보았다.

그때 후방에 서있던 이남정이 앞으로 달려 나오며 소리쳤다.

"테이머! 테이머입니다!"

테이머라는 말에도 전투 인원들은 전투태세를 해제하지 않고 무기를 쥐고 있었다. 이 모든 사태를 만든 도시락과 신혁돈은 자신들을 향해 겨누어져 있는 무기는 신경도 쓰지 않았다.

신혁돈 앞에 선 이남정은 도시락과 신혁돈을 번갈아 보며 말했다.

"세상에, 그렇게 찾을 땐 없더니 어디서 나타난 겁니까? 아니, 그보다… 사진보다 너무 커졌는데… 아니, 안전하긴 합니까?"

신혁돈은 대답 대신 도시락을 바라보며 말했다.

"앉아."

거대한 육눈수리가 얌전히 앉았고.

"누워."

도시락은 잠시 당황한 듯 신혁돈을 바라보다가 앞으로 쓰러지듯 누웠다.

"굴러."

도시락은 여섯 개의 눈을 이리저리 굴리다가 신혁돈과 눈을 마주치고서는 날개를 이용해 한 바퀴를 굴렀다.

"일어서."

그제야 제대로 된 명령을 들었다는 듯 도시락이 벌떡 일어섰다.

"이 정도면 됐습니까?"

도시락의 쇼에 긴장감이 해소되자 전투 인원들의 무기가 하나

둘씩 내려갔다. 어지간한 서커스보다 진귀한 모습에 무기 대신 스마트폰을 꺼내 동영상을 찍는 이들도 있었다.

"예, 말을 잘 듣는 것 같네요."

"그럼 사람 좀 치워주시죠? 얘가 기분 나빠하는 거 같은데."

도시락은 아무런 생각이 없어 보였지만 신혁돈의 말을 듣자 또 그렇게 보였다.

'저 괴물이 기분이 나빠 날뛰면 어떻게 될까?'

순간 최악의 상황을 상상한 이남정은 신혁돈을 바라보았다.

'저 괴물을 테이밍하고 성장시킨 이 남자는 도대체… 뭐하는 인간이야?'

이남정이 알기로 신혁돈은 3등급 밀리 계열 능력자다. 그리고 테이밍에 대해 잘 알진 못하지만 괴물들이 자신보다 약한 주인에게 복종을 할 리는 없었다.

그렇다는 것은 저 거대한 괴물보다 신혁돈이 강하다는 소리.

이남정은 침을 꿀꺽 삼키고서는 모든 전투 인원을 뒤로 물렸다. 그 모습을 보고 있던 신혁돈은 도시락에게 말했다.

"여기 있어."

"까악!"

"그럼 들어가죠."

도시락에게 명령한 신혁돈은 자기 집으로 들어가듯 관리국 건물로 향했다.

그의 뒤에 남은 이들은 신혁돈과 도시락을 바라보다 최소한의 인원을 남겨둔 뒤 비상사태를 해제했다.

회의실에 도착한 뒤에도 이남정은 불안함을 감추지 못하고 계속 창밖을 내다보았다.

어지간한 자동차보다 큰 육눈수리는 햇볕이 마음에 드는지 대놓고 졸고 있었다.

고개를 휘휘 저은 이남정이 회의실 안으로 시선을 던졌다.

회의실 안에는 관리국장과 신혁돈이 대화를 나누고 있었다.

사건을 맡았다는 이유만으로 이 자리에 끼게 된 이남정은 잡념을 지우고 대화에 집중했다.

"그러니까… 테이밍 스킬로 얻었고 사냥을 하다 보니 성장했다. 이 말이십니까?"

"예."

"허허, 테이머가 이 정도 힘을 가지고 있다는 것도 신기하고… 저렇게까지 성장할 수 있다는 것도 신기하군요."

관리국장 오훈은 사람 좋은 미소를 흘리며 말을 이었다.

"저 괴물은 사람을 공격하지 않습니까?"

"예."

"어떤 일이 있더라도?"

"제 명령에 전대적으로 따릅니다."

즉 신혁돈이 어떤 마음을 먹느냐에 따라 저 괴물이 사람을 습격할 수도 있다는 뜻이었다.

식은땀을 훔친 오훈이 물었다.

"그렇군요."

"그럼 끝난 겁니까?"

"예?"

"관리국에서 저를 찾는 이유는 '저 괴물이 안전한가' 때문 아닙니까? 안전하다는 게 밝혀졌으니 끝난 거 아닙니까?"

오훈은 반박할 말이 없자 이남정을 바라보았다. 이남정은 시선에 담긴 복잡한 감정을 피해 신혁돈을 바라보았다.

"일단 저희가 안전하다고 판단을 내리는 것과는 상관없이 일반 시민들이 무서워하고 치안에 대한 걱정을 느낄 수도 있습니다."

"예, 그럼 제 문제는 끝난 것 맞습니까?"

이남정과 오훈의 미간이 찌푸려졌다.

"예… 끝난 건 맞습니다만. 온 국민에게 알릴 방법으로… 그래, 방송에 출연하셔서 여러 곳에 알리지 않는 이상 저 괴물을 타고 다니거나 하는 것은 허가할 수 없습니다."

맞는 말이었다.

일반인들은 물론이거니와 각성자들 또한 괴물이 나타났다고 생각하고 비상이 걸릴 게 당연했으니까.

"그건 제가 해결할 테니 사람 하나만 찾아주십시오."

"…예?"

"클래스는 메이지, 나이는 이십 대 초중반. 1등급 각성자로 등록되어 있고, 이름은 이서윤입니다."

"찾을 순 있습니다만, 적합한 이유가 아닌 이상 각성자의 신상을 알려드릴 순 없습니다."

이서윤.

메이지 중 최초로 마법진 연구를 활성화시킨 사람이며 여기저기 접목해 아이템은 물론이거니와 사람에게까지 마법진을 새겨 강화시키는 방법을 개발한 사람이다.

신혁돈은 이서윤을 통해 도시락의 몸에 마법진을 새긴 뒤 도시락의 크기를 조절할 생각이었다.

물론 그 외의 것도.

이서윤의 이름과 나이, 클래스까지 알고 있으니 그녀를 찾는 건 윤태수도 할 수 있는 일이었다.

하지만 그녀와 만남을 주선하는 것까진 할 수 없다.

그녀는 지극히 폐쇄적인 사람인데다 돈까지 많다.

일명 금수저.

그녀는 사람을 만나는 것을 극히 꺼리고 자신만의 세계에서 살아가는 사람이다. 그녀를 만나기 위해서는 궁금증을 자극해야 하고, 그 방법으로 가장 간단한 것은 그녀가 지금까지 본 적도 없고 시도도 해본 적 없는 것을 제시하는 것.

"이 문제를 해결할 수 있는 사람입니다."

오훈은 이남정을 바라보며 고개를 끄덕였고 이남정이 회의실을 나섰다.

"잠시만 기다려주십시오."

이서윤이 어떤 사람이기에 신혁돈이 찾는지를 알아보러 갔을 것이었다. 물론 지금 가봤자 1등급 메이지라는 것밖에 알 수 없을 테고, 결국은 신혁돈과 이서윤을 연결시켜 줄 것이었다.

신혁돈은 아무런 긴장감 없이 팔짱을 낀 채 창문 밖을 바라보 았다. 도시락은 따스한 햇살을 받으며 배부른 닭처럼 꾸벅꾸벅 졸고 있었다. 제 몸 전체에 문신을 새길 거라고는 생각도 하지 못 한 채.

*　　　　*　　　　*

영화에나 나올 법한 거대한 집이었다.

본채와 별채가 'ㄷ'자 형태로 나뉘어 있고 가운데는 거대한 정 원이 펼쳐져 있었다. 원래는 아름다웠을 법한 정원이었지만 관리 를 안 한 지 몇 년은 되었는지 을씨년스럽게 죽은 풀들만 굴러다 녔다.

집 또한 색이 바랜 벽과 알 수 없는 식물들이 자라 볼품없긴 마찬가지였다. 도시락이 날갯짓을 하며 정원에 내려앉자 흙먼지 와 함께 죽은 풀들이 휘날렸다.

그 순간 사방에서 적의 섞인 시선이 느껴졌다.

아이가투스의 눈속임 망토가 두 번째 단계로 진화하며 더욱 날카로워진 감각이 발동된 것이었다. 신혁돈은 빠르게 주변을 훑 었고 곧 적의의 주인을 발견했다.

"개잖아."

십수 마리의 대형견이 짖지도 못하고 건물의 그늘에 숨어 꼬 리를 말고 있었다. 긴장을 푼 신혁돈이 도시락의 등에서 내리자 본채의 문이 열렸다.

짧게 자른 머리에 길쭉한 팔과 다리. 창백한 피부와 시원시원한 이목구비가 인상적인 여자가 문을 열고 나타났다.

여자, 이서윤은 신혁돈과 도시락을 한 번 바라본 뒤 휘파람을 불었다. 그러자 사방에 있던 개들이 어미를 찾아가듯 이서윤에게 달려갔고, 이서윤은 개들의 턱과 머리를 쓸어주며 말했다.

"예의가 없으시네."

신혁돈은 자신의 뒤에 있는 도시락을 엄지로 가리키며 말을 받았다.

"문으로 들어오긴 좀 커서."

이서윤은 눈을 흘기고는 대답 없이 도시락을 향해 걸었다. 그러자 개들이 이서윤을 호위하듯 그녀를 따라 움직였다.

이서윤은 신혁돈을 지나쳐 도시락에게 걸어갔고 이내 도시락을 관찰하기 시작했다.

한참 도시락의 몸을 살피던 이서윤이 말했다.

"전 첫인상을 굉장히 중요하게 생각해요."

"저도 그렇습니다."

이서윤은 여전히 도시락을 바라보며 말을 이었다.

"그런 사람이 싸구려 트레이닝복에 이상한 망토를 입고 괴물을 탄 채로 남의 마당에 함부로 들어오시나요?"

"이 집에 어울리는 옷차림이라 생각합니다만, 그리고 아까도 말했지만 저놈을 데리고 문으로 데리고 들어올 수도 없는 노릇이고."

신혁돈은 주변을 둘러보며 말했고 이서윤은 그제야 신혁돈을 바라보았다.

"재밌는 분이시네."

"난생처음 듣는 소립니다만."

이서윤은 다시 한 번 눈을 흘기고서는 물었다.

"저한테 뭘 주실 거죠?"

말의 앞뒤를 잘라먹는 기술이 신혁돈과 버금가는 여자였다.

이서윤은 신혁돈이 마법진이 필요하다는 것을 알고 있으니 그것의 대가로 무얼 줄 것이냐 묻는 것이었다.

익숙한 화법에 신혁돈은 주머니에서 차원지기의 코어 조각을 꺼냈다. 윤태수와 떨거지들에게 준 것에서 조금 잘라 두었던 조각이다.

"에르그 에너지를 당신의 의지대로 묶을 수 있는 방법."

이서윤의 동공이 확장되었다. 그녀는 마치 둔기로 머리를 얻어맞은 듯 말도 잇지 못한 채 신혁돈을 바라보고 있었다.

"어떻게 알았냐, 뭐 그런 겁니까?"

"…예."

"그게 중요합니까? 아니면 이게 중요합니까?"

신혁돈은 자신의 손에 올려진 차원지기의 코어를 그녀에게 던졌다. 그러자 이서윤은 차원지기의 코어를 낚아채며 말했다.

"따라와요."

차원지기의 코어를 손에 쥔 이서윤이 본채로 들어가자 신혁돈은 도시락을 향해 말했다.

"개들 먹지 마라."

"까악."

도시락은 자신이 오래 날았으니 허기가 졌고, 신혁돈의 말도 잘 들었으니 한두 마리쯤은 괜찮지 않느냐는 감정을 어필하려 애썼지만 신혁돈은 들은 척도 하지 않고 본관으로 들어갔다.

＊　　　＊　　　＊

본채에 들어선 순간 집 전체에서 휘돌고 있는 에르그 에너지를 느낀 신혁돈이 걸음을 멈추었다.

아이가투스의 눈속임 망토로 인해 진화된 감각은 에르그 에너지까지 캐치해내고 있었다.

"흠."

에르그 에너지 자체는 차원문 밖인 지구 어디에서나, 또는 누구에게서나 발견할 수 있다.

하지만 그 양이 극히 미미해 채집을 한다거나 느낄 수 있는 수준이 아니었다.

한데 이 집은 달랐다.

'마법진인가.'

어떤 효능을 가진 마법진일지는 더 자세히 알아봐야 하겠지만 느껴지는 에르그 에너지의 양을 보아 상당한 수준의 마법진일 것이다.

"그보다 엄청나군……."

집의 외관을 보고 정리와는 거리가 먼 사람일 것이라 생각은 했지만 이건 좀 심했다. 집 안의 복도가 아니라 차원문 내부라 해도 믿을 정도로 먼지와 쓰레기가 쌓여 있었다.

혀를 한 번 찬 신혁돈은 유일하게 문이 열려 있는 방으로 향했고, 이서윤을 발견할 수 있었다.

이서윤은 책상에 차원지기의 코어를 올려놓고 각종 도구를 이용해 살피고 있었다.

"이걸 어디서 난 거죠?"

"비밀입니다."

"…오케이, 그럼 뭘 원하죠?"

신혁돈이 창문 밖으로 보이는 도시락을 가리키며 말했다.

"저 괴물한테 마법진을 새겨 주십시오. 원할 때 사용 가능한 축소 마법, 그리고 가능하다면 부가 기능도 있으면 좋겠습니다. 불을 뿜는다거나 하는 그런 거."

이서윤은 도시락을 한 번 바라본 뒤 말했다.

"살아 있는 생물에게 마법진을 새기는 건 불가능해요."

"당신이면 가능합니다."

너무나 당당한 반응에 이서윤이 인상을 찌푸리며 물었다.

"…무슨 근거로?"

"이 집에 새겨져 있는 마법진 정도면 충분할 것 같은데."

이서윤이 입술을 씹으며 신혁돈에게로 시선을 돌렸다.

각성을 한 뒤 그 흔한 공격대 한 번 참여한 적 없었고, 차원문에 들어간 적조차 없었다. 각성자 등록 또한 집안의 강압으로 인해 어쩔 수 없이 한 것.

이서윤이 마법진을 그릴 줄 안다는 것을 아는 사람은 지구상에 단 하나도 없었다.

한데 이 남자는 알고 있다.

게다가 자신의 실력 또한 정확히 꿰뚫어보고 있다.

"아무리 각성자라고 해도 느낄 수 있는 에르그 에너지양이 아닐 텐데요?"

신혁돈은 어깨를 으쓱하는 것으로 대답을 대신했다.

"흥미로운 사람이네."

"내가 좀 그런 면이 있지."

이서윤은 헛웃음을 흘리고선 말했다.

"당신이 나에 대해 어떻게 아는지 모르겠지만 지금 내 실력으로 저 괴물의 몸에 마법진을 새기는 건 불가능해요."

"가능하다니까."

신혁돈이 차원지기의 코어를 가리키며 말을 이었다.

이서윤은 다시 한 번 입술을 씹었다.

신혁돈의 말이 맞다.

그녀가 집에 틀어박혀 연구하고 있던 것은 인간의 몸 또는 차원문에서 등장하는 무구에 응축되어 있는 에르그 에너지의 비밀을 밝혀내 그것을 인간의 의지대로 다루는 것이다.

그것의 정수가 바로 눈앞에 있는 순수한 에너지의 결정체, 차원지기의 코어다.

이것이 있다면 연구를 진척시킬 수 있을 테고, 근 시일 내로 생물에게 마법진을 새기는 것도 가능할 것이다.

"어디까지 알고 있는 거죠?"

"당신 생각보다 조금 더."

이서윤은 쯧하고 혀를 찬 뒤 말했다.

"잘났네요."

"그럼."

"하."

헛웃음을 흘린 이서윤은 창밖으로 시선을 던졌다.

도시락은 심심했는지 개들과 함께 놀고 있었다. 마치 덩치 큰 삼촌이 어린 꼬마들과 놀아주는 듯한 모양새였다.

"그래요, 한번 해보죠."

"잘 생각했어."

신혁돈의 말에 이서윤은 미간을 구기며 말했다.

"근데 당신, 어느 순간부터 반말하시네요?"

신혁돈은 어깨를 으쓱하며 대답했다.

"당신도 하든가."

"…싫다면요?"

"계속 존대하는 것도 나쁘진 않지."

이서윤은 고개를 절레절레 저은 뒤 손을 내밀었다. 그러자 신혁돈이 그녀의 손을 잡으며 말했다.

"잘 부탁해."

"저도 잘 부탁드리죠."

*　　　　*　　　　*

신혁돈이 이서윤의 집에 있는 사이, 윤태수는 사무실에서 TV를 틀었다.

—마이더스 제2공격대의 공격대장을 맡고 있는 최 씨는 모든 영상을 조작이라 말하며 사건과의 연관을 부정하고 있습니다. 영상이 공개된 지 3시간, 영상 전문가들이 판독을 하고 있는데 요, 전문가들 사이에서도 의견이 나뉘고 있다고 합니다.

"쯧."

혀를 찬 윤태수가 TV의 채널을 돌렸다.

거의 모든 채널들이 최태성의 영상이 진짜인지 가짜인지에 대해 이야기하고 있었다.

고정훈이 윤태수에게 건넨 영상은 의견이 나뉠 수 없는 진짜 영상이다. 핸드폰도 아닌 카메라로 찍었기에 화질 또한 얼굴을 알아볼 수 있을 정도로 깨끗했고, 소리 또한 노이즈 하나 없이 맑은 상태.

한데도 조작된 영상이라 주장하는 전문가들이 TV에 나오고 있었다.

인터넷 또한 마찬가지였다.

마이더스에서 돈을 얼마나 푼 것인지 영상에는 존재하지도 않는 흠을 잡고 늘어지는 자칭 전문가가 수없이 나타났다. 그에 선동당한 몇몇 네티즌들은 발 없는 말을 천리 밖까지 퍼뜨리고 있었다.

정부의 입장 또한 애매하기 그지없었다.

확실한 영상에 불구속 입건을 하긴 하였으나 미적지근한 반응을 하며 느릿느릿한 수사를 하고 있었다. 현대사회에서 능력 있는 각성자의 위치를 보여주는 단편적인 예.

능력 있는 각성자는 곧 국력이다.

차원문이 생기기 전 거대 기업의 총수들이 돈으로 국력을 이루었다면, 지금은 각성자들의 힘으로 국력을 이룬다.

게다가 마이더스 측에서는 영상의 최초 유포자를 '범죄자' 또는 '음해 세력' 이라 칭하며 현상금 10억을 걸고 여론 몰이에 나섰다.

채널을 돌리던 도중 윤태수의 눈을 끄는 뉴스 속보가 보였다.

―특보, 최태성 기자회견.

윤태수는 채널을 돌리는 것을 멈추었고 기자회견장이 TV 화면을 통해 송출되었다.

윤태수를 바라볼 때 짓고 있던 흉흉한 표정 대신 세상 어디에도 없을 억울한 표정을 하고 있는 최태성이 단상에 올랐다.

―…저는 억울합니다.

윤태수의 미간이 팍 찌푸려졌다. 모르는 사람이 봐서는 정말 억울한 얼굴로 보였다.

한참 자신의 억울함을 토로하고 영상의 진위 여부에 대해 이야기하던 최태성은 분을 참지 못한다는 듯 벌떡 일어나 외쳤다.

―저는 하늘을 우러러 한 점 부끄럼 없습니다!

그 순간 여기저기서 환호와 믿는다는 말이 쏟아졌다. 못 먹을 거라도 입에 닿은 듯 미간을 찌푸린 윤태수는 TV를 끄며 말했다.

"아주 지랄을 하네."

이대로 사건이 진행된다면 끓는 기름을 부은 것 같았던 여론은 서서히 식어갈 테고, 어느 정도 잊혀갈 때쯤 최태성은 형 같지도 않은 형을 선고받고 사건이 마무리될 것이었다.

"눈에 선해."

그렇다고 해서 타격이 없는 것은 아니었다.

그 시간 동안 최태성은 대외 활동을 하지 못할 것이었고, 마이더스 또한 대대적인 차원문 공략에는 조심스러워질 것이었다.

"더러운 새끼들."

손가락으로 테이블을 두들기던 윤태수는 꺼진 TV 화면을 바라보다 말했다.

"준영아."

"예, 형님."

"네가 최태성이면 날 아주 찢어 죽이고 싶겠지?"

"당연한 거 아니겠습니까?"

"그걸 영상으로 찍으면 아주 대박 나겠지?"

"천만, 아니, 이천만 관객은 따 놓은 당상이지 말입니다. 근데 진짜 목숨 걸고 찍어야 하지 않겠습니까?"

"흐음."

잠시 고민하던 윤태수는 기지개를 펴며 말했다.

"영화나 한 편 찍어볼까."

고준영은 질린 얼굴로 윤태수를 바라보며 물었다.

"굳이 그럴 필요가 있겠습니까?"

"얼마 전까진 없었는데, 이제 생겼어."

"왜입니까?"

"저 새끼, 그리고 마이더스. 다 사람 죽인 새끼들이잖아. 지 마음에 안 든다고 사람을 죽인 새끼들인데 그걸 감싼다는 게 말이 나 되냐? 무슨 중세시대 귀족 새끼들이야?"

"아니지 말입니다."

"그래서 마음에 안 들어."

고준영을 위시한 떨거지들은 천천히 고개를 끄덕였다. 그러자 윤태수가 말했다.

"영화나 한 편 찍어 보자. 장르는 스릴러로다가."

제5장

복수는 차갑게
그리고 천천히 V

이서윤은 차원지기의 코어 연구와 도시락에게 마법진을 새길 수 있는 방법을 찾으려면 적어도 일주일은 필요하다고 했다.

어차피 아이가투스의 세 번째 시련을 클리어해야 할 사흘의 시간도 필요한 시점이었기에 신혁돈은 이견 없이 수락했다.

"그래서 그런데 도… 시락은 두고 가시면 안 될까요?"

저 거대한 괴수의 이름이 도시락이라는 것에 익숙해지지 않은 이서윤이 도시락의 이름을 곱씹으며 물었다

신혁돈은 천천히 고개를 끄덕이며 답했다.

"그러지."

"저기, 밥은 어떻게 하죠?"

"일주일에 소 한 마리면 될 거다."

"다른 건요?"

"없어."

신혁돈은 도시락에게 다가가서 목을 쓰다듬어주며 말했다.

"사고 치면 죽는다."

"까악."

"일주일 뒤에 오마."

테이밍이 된 후 신혁돈과 한순간도 떨어져 본 적 없는 도시락은 정원을 빠져나가는 신혁돈의 뒷모습을 보며 고개를 갸웃거렸다.

*   *   *

이서윤의 집에서 나와 윤태수의 사무실로 돌아가던 신혁돈의 핸드폰이 울렸다.

"누구십니까?"

─아, 저, 더 가드의 간수호입니다.

"예."

─다름이 아니오라 혹시 한번 만나주실 수 있으신가 해서요.

전화를 받고 있던 신혁돈의 미간이 찌푸려졌다.

감각이 발달되며 목소리의 작은 떨림까지도 자세히 들렸고, 그 결과 간수호가 자신과의 대화를 굉장히 어려워하고 있다는 것을 캐치할 수 있었다.

등급 시험 때 이후로 존경 비슷한 눈초리로 보고 있는 것은 알고 있었지만 이 정도는 아니었다.

'최태성 때문이군.'

길게 생각하지 않아도 답이 나왔다.

신혁돈이 넘겼던 정보대로 마이더스가 최태성에 의해 휘청이고 있다.

어디서 얻은 정보인지, 최태성을 저격한 단체와는 어떤 관계인지가 궁금해졌을 테고 신혁돈을 찾아온 것이다.

견적을 낸 신혁돈이 답했다.

"시간 없습니다."

―…아이템!

"무슨 아이템 말입니까?"

―레어 등급! 더 가드가 지닌 아이템 중 레어 등급의 아이템 하나를 드리겠습니다.

"흠… 제가 골라도 되는 겁니까?"

―그러십시오.

"그럼 보죠."

간수호는 안도의 한숨과 함께 쩝 하고 입을 다셨다.

―뭔가 손해 보는 기분입니다.

"지금이라도 무르시던가."

―…제가 어디로 가면 되겠습니까?

신혁돈은 근처에 보이는 카페 주소를 불러주었고, 간수호는 30분 내로 가겠다는 말과 함께 전화를 끊었다.

카페에 들어가 달달한 음료 하나를 주문한 신혁돈이 테이블에 앉기 무섭게 핸드폰이 울렸다.

윤태수였다.

"어."

―형님, 지금 통화 괜찮으십니까?

"괜찮으니까 받았지."

―…그렇군요. 전에 형님이 말씀하셨던 차 기억하십니까?

얼마 전 타고 다닐 차의 필요성을 느낀 신혁돈은 윤태수에게 SUV 한 대를 부탁했었다.

그 사실을 기억해낸 신혁돈이 말했다.

"기억난다."

―그 차 왔는데, 시간 괜찮으시면 제가 직접 몰고 모시러 가도 되겠습니까?

듣고 있던 신혁돈이 혀를 차며 물었다.

"또 사고 쳤냐?"

―제가 무슨 질풍노도의 시기도 아니고 만날 사고만 치고 다니는 줄 아십니까?

"어."

지은 죄가 있었기에 할 말을 잃은 윤태수는 화제를 돌렸다.

―…사고 안 쳤습니다. 어쨌거나 모시러 가도 되겠습니까.

"그래라."

윤태수에게 주소를 알려준 신혁돈은 여유롭게 창밖을 내다보았다.

두 번 진화한 감각은 말 그대로 초인적이었다.

오감의 발달은 두말할 것 없었고, 아주 미세한 에르그 에너지도 감지해낼 수 있었다. 이 말인즉슨 지나다니는 사람들 중 누가 각성자고 누가 일반인인지 보지도 않고 알아챌 수 있다는 뜻이었다.

아직까지는 미미하게 느껴지는 정도였지만 세 번째 아이가투스의 차원 혹은 네 번째 정도를 클리어하고 성장한다면 충분히 가능할 것 같았다.

발달한 감각을 통해 이것저것 실험해 보는 사이 창밖으로 간수호의 모습이 보였다.

자신의 차에서 내린 간수호는 소개팅을 나가는 남자마냥 거울을 보며 옷매무새를 정리하고 머리를 손본 뒤 입에 구강 청결제까지 뿌렸다.

"허……"

그리고 간수호가 뒤를 돈 순간 신혁돈과 눈이 마주쳤다.

간수호는 어색한 웃음을 흘리며 고개를 숙여 인사한 뒤 카페로 들어와 신혁돈의 앞에 앉았다.

"그간 자, 잘 지내셨습니까."

간수호는 말을 하면서도 다리를 떨며 끊임없이 주변을 둘러보았다.

"정신 사납습니다."

신혁돈의 일침을 들은 간수호는 그제야 주변을 둘러보는 것을 멈추고 신혁돈을 바라보았다.

"죄송합니다."

"…됐고, 무슨 일입니까."

"혹시 말입니다."

간수호가 다시 다리를 떨기 시작했다.

신혁돈은 미간을 찌푸렸고 간수호가 말했다.

"신혁돈 씨가 소문의 그분이십니까?"

"소문이 한두 개여야지."

간수호의 모습에 짜증이 난 신혁돈의 목소리가 조금 커졌다.

"그… 혁돈 씨에게 아이템을 드린 다음에 말입니다, 제가 정보를 받지 않았습니까?"

"그런데?"

"말씀하셨던 정보가 실제로 일어났습니다."

신혁돈은 그제야 간수호의 반응을 이해할 수 있었다.

간수호는 신혁돈을 뒤 세계의 벗바리, 혹은 벗바리의 대리인 정도로 보고 있는 것이었다.

생각을 정리한 신혁돈이 물었다,

"내가 거짓말을 한다 생각했습니까?"

"그건 아니지만… 솔직히 말해서 믿기 힘들었던 게 사실입니다."

신혁돈의 미간이 찌푸려졌다.

"본론만."

간수호는 손바닥에 난 땀을 허벅지에 문지른 뒤 말했다.

"신혁돈 씨가 이번 최태성 사건을 폭로하신 분이십니까?"

"그렇다면?"

간수호가 숨을 크게 들이쉬었다. 그러고는 주변을 둘러보며 작은 목소리로 물었다

"진짜… 진짭니까?"

"아니, 그렇다면 어떻게 할 거냐 묻는 겁니다."

간수호는 어떤 것이 진실인지 파악하기 위해 눈을 가늘게 떴다. 간수호가 생각에 잠긴 사이 신혁돈은 커피를 마셨다.

그때 신혁돈이 핸드폰이 울림과 동시에 카페 앞으로 잘 빠진 SUV 한 대가 들어왔다.

전화를 받음과 동시에 밖을 보자 운전석에 앉아있는 윤태수의 모습이 보였다.

—형님, 어디십니까.

"금방 나가마."

신혁돈은 전화를 끊고 말했다.

"더 할 말 없습니까?"

"정말 아니십니까?"

신혁돈은 자리에서 일어나며 말했다.

"최태성에 대한 정보를 폭로한 사람이 저냐고 묻는 거라면 아닙니다."

거짓말은 아니다

폭로를 한 것은 윤태수였다.

말하자면 대본과 연출은 윤태수가, 총감독은 신혁돈이 맡은 셈.

"…예, 들어가십시오."

신혁돈아 카페를 나서자 홀로 남은 간수호는 팔짱을 낀 채 출구를 바라보았다.

'냄새가 나는데.'

신혁돈은 연관이 없다, 혹은 모르는 일이라고 하지 않았다.

그저 '폭로한 사람이 아니다'라고 했을 뿐.

그렇다는 것은 다른 쪽으로 연관이 있다는 뜻이다.

정보 하나로 대한민국을 들썩이게 만들고, 대한민국에서 가장 큰 길드 2개를 제 손 위에 놓고 떡 주무르듯 주무를 수 있는 누군가, 혹은 집단.

그들에 대한 연결 고리는 오로지 신혁돈뿐이었다.

'도대체 뭘 꾸미고 있는 거지?'

＊　　　　　＊　　　　　＊

신혁돈이 밖으로 나가자 윤태수는 자연스럽게 보조석에 앉아 있었다. 헛웃음을 지은 신혁돈은 차를 한 바퀴 돌아보았다.

새빨간 몸체에 검은색으로 포인트가 들어가 있는 SUV.

흡족한 미소를 지은 신혁돈이 운전석에 오르자 윤태수가 말했다.

"아직 한국에는 들어오지도 않은 신형! 그랜드 체로키입니다. 마음에 드십니까?"

"좋네."

차 내부를 한 번 바라본 신혁돈은 내부 세팅을 자신에게 맞추어 바꾼 뒤 말했다.

"뭔 짓 하려고?"

"예?"

"안 하던 짓 하면 죽을 때가 됐거나 아니면 켕기는 게 있는 거지. 네가 갑자기 뒤질 리는 없으니 켕기는 게 있다는 거고."

신혁돈은 몇 년은 탄 차처럼 자연스럽게 시동을 걸고 도로로 나섰다. 윤태수는 쭈뼛거리다 말했다.

"지금 최태성 사건이 어떻게 돌아가고 있는지 아십니까?"

신혁돈은 영상을 넘길 때부터 결말을 예상하고 있었다.

아무리 진실된 증거라 한들 언론에서 진실이 아니라고 말하는 순간 진실은 거짓이 되고 사람들은 믿기 시작한다.

신혁돈이 고개를 끄덕이자 윤태수가 말을 이었다.

"그 새끼, 그렇게 구렁이 담 넘듯 넘어가는 거 그냥 보고 계실 겁니까?"

"그럼?"

신혁돈이 미러를 통해 윤태수를 바라보았다. 윤태수 또한 신혁돈을 바라보았고, 윤태수는 신혁돈의 얼굴에 서린 흥미로움을 읽어낼 수 있었다.

윤태수는 타이밍을 놓치지 않고 말했다.

"제가 한번 해봐도 되겠습니까?"

"고정훈 손목 잘린 게 엊그제 일 같은데."

자신의 실수가 언급되자 윤태수는 신혁돈의 눈을 피하지 않고 바라보며 말했다.

"…다시는 그런 일 없을 겁니다."

"자신은 있고?"

윤태수는 쉽사리 대답하지 못했다.

전과 같은 상황.

자신 있다 대답했다 모든 일을 그르칠 뻔했다.

하지만 똑같은 실수를 반복하진 않을 것이다.

"예, 자신 있습니다."

"흠."

윤태수는 긴장된 얼굴로 신혁돈의 얼굴을 바라보았다. 말없이 운전을 하던 신혁돈은 신호에 걸리자 입을 열었다.

"각본이나 짜 봐라."

"예?"

"배우는 내가 할 테니까 각본부터 짜보라고."

"아… 알겠습니다."

"오냐."

"감사합니다."

                    *   *   *

사무실에 도착할 때까지 생각에 잠겨 있던 윤태수는 사무실에 도착해 자신의 자리에 앉고 나서야 신혁돈에게 물었다.

"아, 관리국 가셨던 일은 잘되셨습니까?"

"잘됐다. 아, 태수야."

"예, 형님."

"더 가드 아이템 목록 중에 레어 등급으로 쓸 만한 거 하나 알아봐라."

"더 가드 말입니까? 얼마 전에 바벨토의 목걸이 뜯지 않았습니까? 또 뜯어도 됩니까?"

"뜯긴 누가 뜯어."

윤태수는 헛웃음을 흘리며 말했다.

"어디서 한 건 하셨나 봅니다."

신혁돈은 대충 고개를 끄덕였고, 그 모습을 보고 있던 백종화가 말했다.

"참 대단한 양반이야."

백종화의 말에 신혁돈의 시선이 백종화에게로 향했다.

한데 평소와 같은 아무런 감정도 담기지 않은 눈이 아닌 마치 품평회에 나온 물건을 보는 듯한 눈이었다.

가만히 신혁돈과 눈을 맞추던 백종화가 물었다.

"왜 그런 눈으로 보십니까?"

"네가 쓸모가 있을까?"

"예?"

백종화는 질문의 뜻을 되뇐 뒤 발끈하며 대답했다.

"당연히 쓸모 있지 않겠습니까."

"흐음."

긴 비음을 낸 신혁돈이 고개를 저었다.

"넌 쓸모없을 거야."

"…뭡니까?"

"3일 내에 차원문을 클리어해야 한다."

"그럼 사람이 많은 게 낫지 않습니까?"

"괜한 변수는 사양이다."

반박을 하려던 백종화가 멈칫했다.

지난 차원문에서 자신이 실수할 때마다 신혁돈이 나서 목숨을 구해준 것이 기억났기 때문이었다.

"아니, 아무리 그래도 쓸모가 없다는 건 좀 그렇지 않습니까……."

가만히 듣고 있던 윤태수가 웃음을 흘렸다. 백종화는 구시렁거리면서 윤태수를 노려보았지만 윤태수는 아무런 일 없다는 듯 키보드를 두들겼다.

둘의 모습을 바라본 신혁돈은 피식 웃음을 흘리고 자리에서 일어나 사무실을 나섰다.

"어디 가십니까?"

"사우나."

＊   ＊   ＊

다음 날.

신혁돈은 아이가투스의 세 번째 시련을 클리어하기 위해 홀로 차원문을 찾았다.

차원의 경계를 통해 아이가투스의 차원으로 들어온 신혁돈은 차원을 통과하며 감았던 눈을 떴다.

'음?'

신혁돈은 눈을 감았다 뜨길 반복해 보았으나 감으나 뜨나 보이는 것은 없었다.

몰맨의 동굴처럼 빛이 조금이라도 있어서 하나라도 보이는 것이 아닌 완벽한 암흑이었다.

신혁돈은 당황하지 않고 심호흡을 했다.

축축하고 텁텁한 공기, 물기를 머금은 바닥.

시각이 차단되자 감각들이 더욱 빠르게 정보를 모으기 시작했다.

'동굴이군.'

자신이 있는 곳을 파악한 순간 신혁돈은 몰맨 몬스터 폼을 발동시켰다.

그러자 빛 한 점 없던 공간에 붉은 점들이 나타났다.

몰맨의 특성인 눈으로 열을 감지할 수 있는 능력이 발동된 것이다.

붉은 점들은 점점 크기를 키워가며 어떠한 형상을 갖추었고, 이내 형상이 완성되자 신혁돈은 어떤 괴물인지 예상할 수 있었다.

'아르마딜로 리자드.'

일명 갑옷 도마뱀으로도 불리는 괴물로써 머리부터 꼬리까지의 길이가 3m가 넘는다. 게다가 온몸에 두르고 있는 갑옷과도 같은 비늘 덕에 상대하기가 까다로운 녀석이었다.

등급은 옐로우 홀 A에서 F까지 폭넓게 나오며 3m 정도 되는 녀석들은 옐로우 홀 D~E급에 속한다.

그 순간.

[남은 제한 시간 : 71시간 59분 59초⋯ 58초⋯⋯]

타이머가 시작되었다.

"쯧."

눈에 보이는 괴물만 해도 열 마리가 넘었다. 한 마리씩 상대하다간 입구에서 한 시간이 넘게 끌릴 게 분명하다.

신혁돈은 스피릿 링크를 사용해 어글리 베어까지 발동시켰다.

스킬에 의해 몸의 변화가 끝난 순간 신혁돈은 발을 거세게 구르고 벽을 후려치며 난동을 피웠다.

그 덕에 동굴에 굉음이 울려 퍼졌고 갑작스러운 소란에 잠을 자고 있던 아르마딜로 리자드들이 깨어나며 푸른 눈을 반짝였다.

순식간에 열 마리가 넘는 괴물에게 휩싸인 신혁돈은 괴물의 머릿수를 세본 뒤 말했다.

"열⋯ 열하나. 딱 좋군."

굳이 한 마리씩 상대할 필요가 있나.

한꺼번에 상대하면 되지.

*　　　　*　　　　*

"후……."

전투를 마친 신혁돈의 주위에 아르마딜로 리자드의 시체가 쌓여 있었다.

시간이 지나고 동굴이 깊어질수록 등장하는 아르마딜로 리자드는 점점 커지고 강해졌다.

바위와도 같은 껍질은 몰맨의 손톱을 버텨내다 못해 부러뜨렸고, 쇠도 씹어 먹는 이빨은 위협적으로 다가왔다.

그나마 다행인 것은 한 번에 나타나는 수가 줄어들고 있다는 것.

처음에는 열 마리가 넘게 등장하던 괴물들이 이제는 다섯 마리 이하로 줄어들었다.

[남은 제한 시간 : 22시간 12분 31초… 30초……]
[남은 괴물의 수 : 5마리]

떠오른 메시지를 본 신혁돈의 표정이 어두워졌다.

앞으로 다섯 마리가 남았다는 것은 충분히 기뻐할 일이긴 했으나 남은 시간과 맞붙여 생각하면 남은 것들은 전부 보스 혹은 패턴 몬스터일 가능성이 높았다.

아르마딜로 리자드의 시체에서 에르그 기관과 에르그 코어를 흡수한 신혁돈은 잠식의 시간이 끝나길 기다렸다가 다음 방으로 향했다.

여전히 빛은 한줄기도 없었기에 신혁돈은 몰맨의 눈에 의지해 걸었고 얼마 지나지 않아 붉은 덩어리를 발견했다.

'5m는 넘겠어.'

지금까지 보아왔던 아르마딜로 리자드들과는 차원이 다른 크기의 붉은 덩어리가 신혁돈의 시야를 가득 메웠다.

어두운 동굴 안에 꽉 들어찰 정도의 크기.

신혁돈이 방에 들어서자 거대한 붉은빛 덩어리가 몸을 일으켰다.

'인간형?'

붉은빛 덩어리는 평소처럼 사족 보행을 하는 것이 아닌 두 발로 대지를 딛고 섰다. 그리고 눈을 뜬 순간.

아르마딜로 리자드의 이마에서 푸른빛이 반짝였다.

'패턴 몬스터!'

패턴이 푸른 푸른빛을 띠는 것으로 보아 이능 계열의 패턴 몬스터다.

신혁돈은 지금까지 섭취한 아르마딜로 리자드의 몬스터 폼을 발휘함과 동시에 어글리 베어의 몬스터 폼을 동시에 사용했다.

그러자 스피릿 링크가 발동되며 신혁돈의 몸이 어글리 베어와 같이 변하며 검은 가죽 위로 돌기와도 같은 검은 갑옷이 솟아나기 시작했다.

마치 검은 가시로 둘러진 갑옷을 입은 어글리 베어와도 같은 모습이었다.

변신을 끝마침과 동시에 패턴 몬스터가 그르륵 하는 숨소리를 흘렸다.

숨결과 동시에 거북한 유황 냄새가 신혁돈의 예민한 후각에 캐치되었다.

'불?'

그 순간 패턴 몬스터가 불을 뿜었다.

화르륵!

타닥!

신혁돈은 몸을 던져 간신히 피했지만 패턴 몬스터는 고개를 돌리는 것만으로 신혁돈에게 불의 세례를 적중시켰다.

푸확!

'피할 수 없다.'

순식간에 신혁돈에 몸이 불에 휩싸였다.

'그렇다면!'

신혁돈은 양팔로 얼굴을 가린 채 불길을 향해 달려들었다.

"끄아!"

바위처럼 돋아난 갑옷이 녹기 시작했고, 숨조차 쉴 수 없다. 하지만 신혁돈은 고통을 참으며 패턴 몬스터를 향해 달렸고 지척에 다다른 순간.

자신의 불길이 흩어지는 것조차 보지 못하고 있던 패턴 몬스터가 당황하며 불을 뿜던 것을 멈추고 양팔을 높이 들었다.

그 순간 모든 방어가 사라졌고 아르마딜로 리자드의 유일한 약점인 배가 드러났다.

'기회!

신혁돈은 찰나의 순간을 놓치지 않고 주먹을 휘둘렀다.

후웅!

쾅!

달려온 가속까지 더해진 주먹에 약점을 얻어맞은 패턴 몬스터는 내장이 진탕되는 고통과 함께 바닥에 나동그라졌다.

그와 동시에 발동된 고통스러운 상처!

복부에서 느껴지는 엄청난 고통에도 패턴 몬스터는 약점을 가리기 위해 바닥에 배를 딱 붙인 채 방어 태세를 굳건히 취했다.

하지만 이미 공세를 빼앗긴 상황.

패턴 몬스터는 상황을 역전시키기 위해 다시 한 번 입을 벌렸다.

그 순간 신혁돈이 패턴 몬스터의 머리에 올라타 입을 위아래로 쥐었다.

이빨에 손바닥이 찢어졌지만 신혁돈은 아랑곳하지 않고 힘을 주었다.

"흐아!"

"키라!"

패턴 몬스터는 불을 뿜고 입을 닫으려 발악을 했지만 신혁돈의 힘을 이길 순 없었고, 결국 머리가 위아래로 갈라졌다.

신혁돈은 기회를 놓치지 않고 고통에 몸부림치는 패턴 몬스터의 입천장에 몰맨의 손톱을 쑤셔 넣었다.

이윽고 뇌를 관통당한 패턴 몬스터가 쓰러졌다.

"헉… 헉……."

전투가 끝나자 긴장이 가시며 온몸의 고통이 느껴졌다.

신혁돈은 이를 악문 채 에르그 기관을 섭취한 뒤 에르그 코어에 손을 뻗었다.

그 순간 에르그 코어가 모양을 갖추며 반지의 모양을 갖추었다.

"설마?"

불의 벗 [Set]

불에 대한 저항이 상승합니다.

불에 관한 스킬이 있을 시 스킬의 위력이 5% 상승합니다.

불에 관한 모든 생명체들과 우호적인 관계가 형성됩니다.

하루 한 번 '중급 치료' 스킬을 사용할 수 있습니다.

성장이 가능합니다.

조건이 밝혀지지 않았습니다.

모두의 벗 세트 아이템이었다.

신혁돈은 미소를 지으며 자신의 오른손을 바라보았다. 오른손에서는 정신의 벗과 숲의 벗이 빛을 발하고 있었다.

"아주 좋아."

모두의 벗 세트 아이템 여섯 개 중 세 개의 세트 아이템을 모았다.

게다가 '중급 치료'.

어지간한 3등급 각성자 중 치료 스킬을 가진 이들이 사용하는 것이 바로 중급 치료였다. 비록 하루 한 번이긴 했지만 위기 상황을 넘기기에는 충분한 스킬이었다.

눈속임과 중급 치료 두 가지만 해도 여분의 목숨 두 개를 가지고 있는 것이나 마찬가지.

아이템 확인을 마친 신혁돈은 잠식을 해제하고 자신의 몸을 살폈다.

몸에 전체적으로 화상이 퍼져 있었고, 손바닥은 구멍이 송송 나 있는 상태였다.

몇 번 주먹을 쥐어본 신혁돈은 고통에 미간을 찌푸렸다.

'이 상태론 힘들겠는데…….'

신혁돈은 어쩔 수 없이 중급 치료를 사용했다.

그러자 불의 벗이 새하얀 빛을 뿜어내며 신혁돈의 전신을 감쌌고, 온몸에 있는 화상과 손의 상처를 치료하기 시작했다.

순식간에 화상으로 손상되었던 피부가 회복되고 새살이 돋았다.

하지만 손의 상처는 깊어 한 번에 치료되지는 않았다.

여섯 개의 반지를 전부 모은다면 고급 치료 정도의 효과는 낼 수 있을 것이다. 만족스러운 웃음을 흘린 신혁돈이 다음 방으로 향했다.

*   *   *

[남은 제한 시간 : 14시간 7분 33초··· 32초······]
[남은 괴물의 수 : 1]

중간 중간 휴식을 취하며 3마리의 패턴 몬스터를 모두 처리했다.

전부 아르마딜로 리자드의 변형 괴물이었고 전부 불을 사용하는 패턴 몬스터들이었다.

불의 벗을 얻은 신혁돈은 화상에 대한 걱정 없이 패턴 몬스터들을 상대할 수 있었고, 그 덕에 별다른 상처 없이 차원지기가 있는 방 앞까지 올 수 있었다.

신혁돈은 바로 방에 진입하지 않고 생각에 잠겼다.

'왜 이렇게 쉽지?'

아이가투스의 차원, 즉 마왕의 차원 3번째 시련이었다.

아무리 모든 지식을 알고 활용하며 포식 스킬로 비정상적인 성장 곡선을 그린 신혁돈이라지만 이 정도로 쉬운 것은 이상하다.

두 번째 시련에서도 백종화나 도시락이 없었다면 힘들었을 수도 있다.

마법이나 광역공격 스킬이 없는 신혁돈으로서는 한 번에 한 마리씩 상대해야 했을 것이고, 그랬다간 넘쳐나는 괴물들을 2시간 내에 처리하지 못했을 것이다.

그랬다면 2시간마다 나타나는 괴물들이 쌓이고 쌓여 결국엔 괴물의 물량 공세를 이겨내지 못했을 것이었다.

'더 강한 괴물이 나오겠어.'

신혁돈은 몸을 살폈다.

에르그 기관을 섭취하고 몬스터 폼을 유지하다 보니 괴물의 재생력으로 인해 손의 상처도 대부분이 아물어 있었다.

잠식 또한 끝난 상태.

신혁돈은 차원지기가 기다리고 있는 방으로 들어갔다.

'아무것도 없다.'

몰맨과 어글리 베어, 아르마딜로 리자드의 몬스터 폼 세 개를 동시에 발동했음에도 느껴지는 것이 없었다.

그때.

"쓰으으."

지척에서 숨소리가 울렸다.

그 순간.

후웅!

보이지 않는 무언가가 신혁돈의 머리를 향해 휘둘러졌다. 동물적인 감각으로 공격을 피한 신혁돈은 그제야 깨달았다.

'투명한 놈인가.'

그렇다 해도 열을 감지하는 몰맨의 눈에까지 보이지 않는다는 건 말이 되지 않았다.

'체온까지 감추는 능력인가……'

다행히 공격하는 동시에 일어나는 공기의 흐름이나 호흡으로 인해 들리는 소리까지는 차단할 수 없는지 괴물이 움직일 때마다 미세한 소리가 들려왔다.

이건 어렵다.

아르마딜로 리자드는 복부를 제외한 온몸에 갑옷과도 같은 각질을 두르고 있다. 게다가 투명화 이외의 무슨 스킬을 가지고 있는지도 모르는 상황.

하지만 소리는 들을 수 있다.

그리고 괴물이 발걸음을 내디딜 때마다 땅의 울림 또한 느껴지고 있었다.

게다가 괴물이 다가오는 순간 특유의 노린내가 훅 끼쳐왔다.

마음을 먹은 신혁돈은 눈을 감은 채 촉각과 후각. 그리고 청각에 집중했다.

'이 정도라면… 할 수 있다!'

이번에도 인간형인지 괴물의 손톱과 꼬리가 난잡하게 날아들었다. 신혁돈은 눈을 감은 채 시각을 제외한 나머지 감각을 이용해 공격을 피했다.

그리고 반격!

휘익!

하지만 신혁돈의 공격은 괴물에게 닿지 않았고, 오히려 빈틈을 만들어주고 말았다.

콰직!

"끄윽!"

감각이 극대화된 상태에서 괴물의 입이 신혁돈의 어깨를 강하게 물었다.

어지간한 고통에는 반응도 하지 않는 신혁돈의 미간이 구겨지고 악다문 입술 사이로 신음이 튀어나왔다.

살아오며 상상도 하지 못했던 고통!

신혁돈은 실핏줄이 터져 붉어진 눈으로 고통을 참았다.

그리고 자신의 어깨를 물고 있는 괴물의 얼굴을 떼어내지 않고 끌어안았다.

"쿡!"

의외의 반응에 괴물이 입을 벌린 순간.

눈속임.

괴물의 시야가 1초 동안 차단되었다.

그 순간, 신혁돈이 몰맨의 손톱으로 괴물의 양쪽 눈을 찔렀다.

찰나와 같은 1초가 지난 순간.

"쿠에에에에!"

괴물이 고통에 찬 소리와 함께 뒤로 물러났다. 그제야 괴물의 스킬이 해제되며 모습이 눈에 보였다.

마치 무지개를 재단해 가죽을 만든 듯 일곱 색으로 가죽이 빛났으며 3m가 조금 안 되는 거대한 모습의 인간형 아르마딜로 리자드였다.

괴물의 몸이 빛나는 덕에 몰맨의 눈이 필요 없어진 신혁돈은 기회를 놓치지 않고 괴물의 복부를 후려쳤다.

쾅!

"꾸어!"

괴물은 고통을 참으며 훌쩍 뒤로 뛰었다.

"상황이 뒤집혔네?"

신혁돈이 미소를 지은 순간.

"쿠라!"

다시 괴물의 몸이 투명해지기 시작했다. 괴물은 고통에 찬 숨소리까지 정리해내는데 성공했고, 이내 다시 한 번 완벽한 은신에 성공했다.

아니, 그렇게 생각했다.

하지만 신혁돈의 눈에는 보였다.

괴물의 눈에서 흐르고 있는 피의 온도가.

"멍청한 괴물 새끼."

게다가 눈까지 공격당한 괴물은 조금 전의 신혁돈과 똑같이 시각을 제외한 다른 감각에 모든 것에 집중하고 있었다.

신혁돈은 비릿한 미소를 지으며 바닥에 떨어져있는 돌을 쥐었다.

그리고 던졌다.

딱!

"쿠아!"

괴물은 신혁돈의 의도대로 돌이 날아온 방향으로 꼬리를 휘둘렀고, 동시에 신혁돈은 괴물의 얼굴을 쳐올렸다

충격으로 인해 복부가 훤히 드러난 순간.

몰맨의 손톱을 뽑아낸 신혁돈이 괴물의 심장을 쑤셨다.

푹!

그리고는 뒤로 훌쩍 물러섰다.

심장이 꿰뚫린 괴물은 마지막 발악을 하듯 주변을 초토화시켰지만 신혁돈은 이미 멀찍이 떨어져 있는 상태였다.

쿵!

이윽고 괴물이 쓰러지고 에르그 코어와 차원지기의 코어가 떠올랐다.

그리고 떠오르는 수많은 메시지.

[아이가투스의 세 번째 차원을 완벽히, 그것도 홀로 클리어하셨습니다.]

[위대함을 뛰어넘은 믿을 수 없는 업적을 달성하셨습니다.]

[특혜가 주어집니다.]

[보상이 주어집니다.]

…

[아이가투스의 눈속임 망토가 성장했습니다.]

[스킬 '카무플라주'를 얻었습니다.]

신혁돈은 스킬 설명을 보지 않고도 카무플라주가 어떤 스킬인지 알 수 있었다.

주변의 환경과 완벽히 동화되는 스킬.

이것저것 살필 게 많았지만 어깨에서 흐르는 피의 양이 심상치 않았다. 신혁돈은 에르그 코어를 흡수하고 에르그 기관을 섭취한 뒤 차원지기의 코어를 들고 차원을 나섰다.

　　　　　*　　　　　　　*　　　　　　*

열심히 각본을 짜고 있던 윤태수는 펜을 입에 물었다.

"어떻게 해야 짜릿하게 끝낼 수 있을까……."

그때 윤태수의 핸드폰이 울렸다. 신혁돈이었다.

"예, 형님."

―포션 있냐?

"…예?"

―아무 등급이나.

포션이라면 발라서 외상을 치료하는 약이었다. 바르는 즉시 새살이 돋으며 외상이 치료되기에 100㎖에 1억이 넘는 고가의 물품이었다.

신혁돈이 살던 15년 후의 세상에서는 흔한 물건 중 하나였지만 지금은 아니었다.

하지만 윤태수는 준비성이 투철한 인간이었다.

"조금 있습니다만."

―다행이네. 인천 레드 홀, 내 차 안. 툭.

툭?

핸드폰을 떨어뜨리는 소리였다.

"형님? 무슨 일 있으십니까? 형님? 형님!"

윤태수는 표정을 굳힌 채 일어나 금고를 열어 포션을 챙겼다. 그러고는 굳은 표정으로 달려 나가 자신의 차에 올랐다.

＊　　　＊　　　＊

레드 홀 주차장에 도착한 윤태수는 구석에 주차되어 있는 신혁돈의 차를 발견할 수 있었다.

"무슨……."

도대체 무슨 일이 있었는지 조수석 쪽의 바퀴가 터져 있고 차체가 내려앉아 있었다. 윤태수는 헐레벌떡 달려가 차 안을 바라보았다.

"맙소사."

차 안에는 괴물이 누워 있었다.

괴물의 피부는 계속해서 변화하고 있었다. 바위와도 같은 피부에서 가뭄에 갈라진 강바닥 같은 피부. 갑자기 깃털이 자랐다가 우수수 떨어지기까지 했다.

거기에 차안 여기저기 튀어있는 피 덕분에 더욱 그로테스크해 보였다.

윤태수는 신혁돈의 몸이 요동치는 모습에 넋을 놓고 있다가 정신을 차리곤 문을 두들겼다.

"형님!"

그 순간.

괴물이 눈을 뜨며 윤태수의 눈을 바라보았다.

그와 동시에 포식자의 눈이 발동되었고 윤태수는 마음 속 깊은 곳부터 치고 올라오는 공포에 아무런 행동도 하지 못하고 온몸이 굳은 채 신혁돈을 바라보았다.

"크르르……"

꿀꺽.

괴이한 울음을 흘린 신혁돈이 어글리 베어의 주둥이를 통해 말했다.

"뭐야?"

"…어, 형님이 부르셨습니다."

신혁돈은 그제야 자신의 몸을 내려 보았고 자신이 몬스터 폼을 유지하고 있다는 사실을 깨달았다.

신혁돈은 고개를 휘휘 저으며 몬스터 폼을 해제한 뒤에 차에서 내렸다.

"괜찮으십니까?"

신혁돈은 상처가 있던 어깨를 빙빙 돌려보았다. 찌뿌둥한 느낌이 남아 있긴 했지만 상처는 흉터만을 남긴 채 사라져 있었다.

"괜찮아졌다."

신혁돈은 기지개를 편 뒤에 차 안을 둘러본 뒤 혀를 찼다.

"못 쓰겠군."

"그러게 말입니다. 이게 얼마짜린데……."

"별수 없지."

신혁돈이 앉아 있던 의자는 부서지지 않은 게 용할 정도로 휘어 있었고, 차 안은 온통 피투성이였다.

"도대체 무슨 일입니까?"

"그러게."

신혁돈은 하품을 하며 턱을 긁적였다.

그러고는 차를 한 바퀴 돌아본 뒤 말했다.

"방어기제가 발동되었나보군."

"방어기제… 가 뭡니까?"

"살고자 하는 본능."

윤태수는 천천히 고개를 끄덕였다.

신혁돈의 몸에 잠들어 있는 괴물들의 힘이 발동되어 신혁돈의 목숨을 구한 것이다. 얼추 이해를 한 윤태수가 차의 바퀴를 발로 툭툭 차며 말했다.

"다시 타긴 글렀는데 말입니다."

"한 대 더 뽑지."

"말은 참 쉽습니다."

윤태수는 보험회사 등에 전화해 차에 대한 문제를 처리하기 시작했다.

그 모습을 바라보던 신혁돈은 생각에 잠겼다.

'방어기제라……'

신혁돈의 목숨이 위험한 상황이 되자 몬스터 폼을 사용한 것도 아닌데 모든 능력이 튀어나와 신혁돈의 몸을 지켰다.

게다가 잠식 또한 일어나지 않았다.

'모를 일이군.'

"끝났습니다. 가시죠."

"그래."

처리를 마친 윤태수가 신혁돈을 자신의 차로 안내했다.

차를 타고 인천으로 돌아가는 길.

자신의 핸드폰을 확인한 신혁돈이 윤태수에게 말했다.

"들릴 곳이 있다."

윤태수는 룸미러를 통해 신혁돈을 훑어보며 말했다.

"그 몰골로 말입니까?"

"어. 잠깐 세워 봐."

윤태수가 차를 세우자 신혁돈이 길가에 있는 패스트푸드점을 가리키며 말했다.

"가서 햄버거 좀 사와라."

"…예?"

"이 몰골로 내가 갈까?"

"…그것도 그러네. 어떤 걸로 사다드립니까?"

"아무거나 여덟 세트."

"…예?"

"죽다 살아났더니 배고프다."

윤태수는 질린 얼굴로 차에서 내려 패스트푸드점으로 향했다.

＊　　　　＊　　　　＊

요리스피릭 지낵 앞에 노작한 윤태수는 창문으로 머리를 내밀어 밖을 보며 물었다.

"여기가 맞습니까?"

말을 하는 사이 신혁돈은 차에서 내리고 있었다. 신혁돈의 뒷

모습을 본 윤태수는 혀를 한 번 차고서는 차에서 내려 신혁돈의 뒤를 따랐다.

윤태수가 정문에 서자 거대한 철문이 자동으로 열렸다. 신혁돈은 자신의 집에 들어가듯 자연스레 철문 안으로 들어갔고, 윤태수는 이런 집이 처음인지 쭈뼛거리며 신혁돈의 뒤를 따랐다.

본채의 입구에 도착하자 이서윤이 문을 열고 나왔다.

"도대체 왜 전화를 안 받… 어머."

신혁돈의 얼굴을 보자마자 쏘아 붙이던 이서윤은 그의 어깨를 보고 흠칫 놀라며 물었다.

"무슨 몰골이 그래요. 괜찮아요?"

"괜찮다."

이서윤은 의심스러운 눈초리로 신혁돈을 바라보았지만 이내 말을 이었다.

"뭐, 괜찮다니 괜찮겠죠. 이분은?"

"아, 윤태수입니다. 혁돈 형님 아래서 일하고 있습니다."

"이서윤이에요."

형님이라는 단어에 의아한 표정을 띠웠던 이서윤은 이내 고개를 끄덕였다.

두 사람이 가벼운 악수를 나누자 신혁돈이 물었다.

"연구는 다되었나?"

"그러니까 전화했죠. 이리로 오세요."

윤태수는 무슨 대화인지 파악하려 애쓰며 두 사람과 함께 걸었다.

곧 커다란 방에 도착한 윤태수와 신혁돈은 1m가 넘는 앵무새와 만날 수 있었다.

"…맙소사."

"성공했군."

앵무새는 배의 털이 밀려 있었고, 털 대신 푸른빛으로 빛나는 패턴을 가지고 있었다.

"저거, 패턴 몬스터입니까?"

"비슷하지만 다르다. 인간의 힘으로 만든 패턴 몬스터라 할 수도 있겠군."

"…그게 가능한 일입니까?"

신혁돈은 턱으로 앵무새를 가리켰다.

눈앞에 딱 하고 증거가 있으니 대꾸를 할 수도 없었다.

"루디."

이서윤이 앵무새의 이름을 부르자 방의 이곳저곳을 뛰어다니던 앵무새, 루디가 이서윤에게로 날아왔다.

이서윤은 앵무새의 배에 새겨져 있는 마법진에 손을 대었고, 그 순간 앵무새의 크기가 줄어들기 시작했다.

순식간에 줄어든 루디는 20㎝도 되지 않는 작은 크기가 되어 이서윤의 손가락에 위에 앉았다.

울도 심각한 표정을 한 채 루디와 이서윤을 바라보던 윤태수가 물었다.

"서윤 씨, 혹시 말입니다. 패턴 몬스터의 패턴 또한 해제할 수 있는 겁니까?"

"그것 또한 마법진의 일종이라면 충분히 가능한 일이긴 하죠. 그런데 제가 패턴 몬스터를 한 번도 본 적이 없어서요. 잘 모르 겠네요."

윤태수는 팔짱을 낀 채 손가락을 톡톡 튕기며 말을 받았다.

"동물에 마법진을 새길 수 있다면 물건에 또한 새길 수 있겠 네요?"

"그렇죠."

그 순간 윤태수의 눈이 빛나며 신혁돈을 바라보았다.

부담스러운 눈길을 받던 신혁돈이 미간을 찌푸리며 말했다.

"뭐."

"형님, 이건 혁명입니다."

"알아."

"…예?"

"알고 있다고, 네가 무슨 생각 하는지."

윤태수는 꿀 먹은 벙어리가 되어 신혁돈을 바라보았다. 윤태 수가 계속 멍청한 표정을 하고 있자 신혁돈이 말했다.

"무구를 만들어 팔든, 사람에게 마법진을 새겨 주건-엄청난 돈 을 벌 수 있겠지. 근데 이 여자는 그런 걸 할 사람이 아니거든."

"…어떻게 아십니까?"

이서윤 또한 궁금하다는 얼굴로 신혁돈을 바라보았다.

"이런 집에 살고 있다는 건 물욕이 없다는 거고, 이런 집에 살면서도 이런 꼬라지를 하고 산다는 건 과시욕 또한 없다는 소리지."

맞는 말이긴 했으나 묘하게 기분이 나쁜 말이었다. 이서윤은 입을 비죽 내밀며 말했다.

"그래서요?"

"뭐가 그래서야? 어차피 안 할 거 말도 안 꺼낸다는 거지."

윤태수는 천천히 고개를 끄덕였다. 신혁돈의 말대로 사업의 키포인트가 될 사람이 돈이나 명예에 관심이 없는 사람이라면 사업은 시작도 하지 못한다.

가만히 생각하던 윤태수가 물었다.

"어떻게 꼬실 방법 없습니까?"

"저기요, 저 여기 있거든요?"

윤태수의 말에 이서윤이 끼어들었지만 신혁돈은 아랑곳하지 않고 말했다.

"그래서 이걸 가져왔지."

신혁돈이 꺼낸 것은 차원지기의 코어였다.

"…맙소사."

두 사람은 누구의 눈이 더 크게 떠지나를 경쟁하듯 크게 눈을 뜨며 차원지기의 코어를 바라보았다.

한 조각만을 보았던 이서윤은 어른 주먹 2개를 붙여놓은 크기에 놀랐고, 윤태수는 차원지기의 코어에서 뿜어지는 에르그 에너지의 양에 놀랐다.

지금까지 보아 왔던 것들보다 더욱 크고 에너지의 농도 또한 짙다.

두 사람의 시선이 차원지기의 코어에 집중되어 있자 신혁돈은 차원지기의 코어를 이서윤의 얼굴 앞에 들이밀며 말했다.

"1년 어때?"

"예?"

"이거 줄게. 1년만 내 밑에서 일해라."

이서윤은 침을 꿀꺽 삼켰다.

"조… 조건은요?"

"한 달에 마법진 6개."

이서윤은 고개를 저었다.

"너무 많아요."

"싫으면 말고."

신혁돈이 차원지기의 코어를 품에 넣으려 하자 이서윤이 손을 뻗어 신혁돈의 팔목을 쥐었다.

"누가 싫다고 했어요? 그냥 너무 많다구요."

"그래서?"

"한 달에 여섯 개면 이 주에 세 개씩 만들어야 하는데 너무 부담되어요. 저도 연구할 시간은 있어야 하지 않겠어요? 그래야 조금이라도 더 좋은 질의 마법진을 공급하죠."

이서윤은 침을 꿀꺽 삼켰다.

저번에 신혁돈이 주었던 손톱만 한 조각 하나를 가지고 마법진 스킬의 랭크가 두 단계나 올랐다.

그런데 저 정도의 크기라면?

꿈의 영역이라 불리는 A랭크에 도달하는 것이 가능할지도 모른다.

이서윤이 눈을 굴리는 걸 보고 있던 신혁돈이 말했다.

"2년. 그리고 한 달에 4개."

이서윤은 신혁돈의 얼굴을 바라보았다.

지금이야 이주에 3개를 만드는 게 힘들지 몰라도 당장 몇 달 뒤라면 어떻게 될지 모르는 것이었다.

"계약하죠."

옆에서 팔짱을 낀 채 보고 있던 윤태수는 고개를 절레절레 저었다. 그러고는 이서윤에게 손을 건네며 말했다.

"자세한 것은 서류를 통해 말씀드리겠습니다. 그리고… 아니, 같이 일하게 되어 반갑습니다."

"예, 저도 잘 부탁드리죠. 그런데 중간에 무슨 말씀을 하시려 한 거예요?"

"아닙니다."

이서윤은 뭔가 생략된 것 같은 느낌에 떨떠름했지만 만족스러웠다.

차원지기의 코어를 건네받은 이서윤은 미소를 지으며 말했다.

"이거면 도시락에게 바로 마법진을 새길 수 있겠네요. 가시죠."

세 사람은 도시락이 있을 정원으로 향했고, 여러 마리의 개아 함께 개 사료를 먹고 있는 도시락을 발견할 수 있었다.

신혁돈이 이서윤을 바라보자 찔끔한 이서윤이 설명을 시작했다.

"그게… 개들 사료를 주는데 갑자기 엄청 깍깍거리더라구요.

그래서 한번 줘봤더니 엄청 잘 먹으면서 다른 고기를 먹으려 하지도 않아서… 개 사료를 주고 있어요."

설명을 들은 신혁돈은 한심하다는 듯 도시락을 바라보았다.

그 순간 개 사료를 먹고 있던 눈 중 하나가 신혁돈을 발견했고, 그대로 굳었다.

마치 하지 말라는 장난을 하다 걸린 어린아이처럼 굳은 도시락은 천천히 부리를 들고 그대로 뒷걸음을 쳤다.

"에라이……."

도시락은 천천히 고개를 돌려 하늘을 바라보았다.

"이리와."

"깍깍."

그제야 도시락은 과하게 반가운 척을 하며 신혁돈에게 달려왔다.

"에라이……."

피식 웃은 이서윤은 신혁돈에게 동물용 바리깡을 건넸다.

"마법진을 새기려면 배와 등의 깃털을 밀어야 해요."

신혁돈은 고개를 끄덕이고선 바리깡의 전원을 넣으며 말했다.

"배 내밀어."

도시락은 불안한 눈빛으로 주변을 둘러보았지만 그를 도와줄 수 있는 사람은 없었다. 도시락은 결국 한 걸음 더 앞으로 나와 배를 내밀었고 신혁돈은 바리깡을 가져다 대었다.

"가만히 있어라."

위이잉! 위이이… 위이잉!

"깍, 까깍!"

조금 밀자 날이 망가지며 깃털이 씹혔다.

생전 처음 느껴보는 신비한 고통에 도시락은 깍깍거리며 난리를 부렸고 신혁돈은 인상을 구기며 바리깡을 보았다.

"어쩌죠?"

신혁돈은 도시락을 바라보며 말했다.

"움직이면 다친다."

그와 동시에 신혁돈의 오른손에서 몰맨의 손톱이 튀어나왔다.

"허… 저게 뭐예요?"

"그러게요. 저건 저도 처음 봅니다만……."

두 사람은 신혁돈의 손에서 자라난 몰맨의 손톱을 보며 인상을 구겼지만 신혁돈은 만족스러운 미소를 지었다.

신혁돈의 손이 지나갈 때마다 도시락의 깃털이 바닥으로 떨어지고 맨살이 드러났다.

신혁돈은 이서윤에게 범위를 물어가며 도시락의 배와 등의 깃털을 모두 밀었다.

"푸하하!"

마치 탈모에 걸린 듯 배와 등만 맨살을 드러낸 도시락은 새도 시무룩한 얼굴을 할 수 있다는 것을 증명하듯 우울한 표정이 되어 자신의 배를 내려다보고 있었다.

이서윤은 웃음을 참으며 말했다.

"눕혀 주세요."

"누워."

평소 같았으면 무슨 소리라도 냈을 도시락은 아무런 소리도 내지 않은 채 벌러덩 누웠다.

날개를 활짝 펴고 털을 깎은 배를 훤히 내놓은 채 누운 도시락은 삶에 지친 누군가의 모습과도 비슷했다.

결국 윤태수는 숨이 넘어갈 듯 꺽꺽거리며 웃기 시작했고, 도시락은 하늘을 바라보았다.

이서윤 또한 피식거리다가 말을 꺼냈다.

"그럼 작업 시작할게요."

*   *   *

작업이 끝났다.

마치 패턴 몬스터의 그것과도 같은 푸른 마법진이 도시락의 등과 배에 새겨졌다. 복잡한 무늬를 바라보던 도시락은 문신처럼 새겨진 마법진이 조금은 마음에 들었는지 이리저리 몸을 둘러보고 있었다.

"등 쪽은 이능 발현, 배는 크기 조절이에요."

이서윤은 마법진을 발동시키는 방법을 설명해 주었고, 신혁돈이 도시락에게로 다가가 배에 손을 대었다.

"감각을 기억해라."

"까?"

말을 마친 신혁돈은 에르그 에너지를 이용해 마법진을 구동시켰고 곧 도시락의 크기가 쭉쭉 줄어들며 순식간에 손바닥만

한 크기가 되었다.

순식간에 신혁돈이 커진 것을 발견한 도시락은 당황하며 사방으로 날아다녔다. 미간을 구긴 신혁돈은 단숨에 도시락을 붙잡고 말했다.

"네가 작아진 거다."

도시락은 전과 같은 울음을 흘렸지만 크기가 작아진 탓인지 깍깍거리는 울음이 아닌 삐약거리는 것과 비슷했다.

신혁돈은 도시락의 몸을 붙잡은 채 도시락의 입을 하늘로 향했다. 그리고 등의 마법진을 발동시키자 도시락이 불을 토했다.

"괜찮군."

그 모습을 보고 있던 윤태수가 이서윤에게 말했다.

"사람한테도 새길 수 있습니까?"

"아직은 힘들어요."

가만히 생각하던 윤태수가 말했다.

"임상 실험 대상 같은 거 필요하지 않습니까? 건장한 체구의 사내가 셋 정도 있는데."

그러자 이서윤이 눈을 빛내며 말했다.

"그럼 저야 감사하죠."

윤태수는 미소를 지으며 말했다.

"말씀만 하시면 언제든 보내드리겠습니다."

"어떤 사람들인데요?"

"제 말이라면 불 속에라도 뛰어 들어갈 놈들이 있습니다. 필요하실 때 연락 주십시오."

"감사해요."

작아진 도시락은 능력에 익숙해지려는 듯 이리저리 날아다니며 삐약거렸다.

"익숙해지면 너 혼자도 할 수 있을 거다."

신혁돈의 말에 삐약거린 도시락이 예전처럼 신혁돈의 어깨에 앉았다.

"그럼 나중에 연락하지."

"예, 저도 연구에 진척이 있으면 연락드릴게요."

"그럼 나중에 뵙겠습니다."

인사를 마친 신혁돈과 윤태수는 이서윤의 집을 나섰다.

"형님."

"왜."

"형수님입니까?"

"아서라."

"머리도 좋고 돈도 많은데다가 각성자고, 형님한테서 눈을 못 떼던데 말입니다."

"시끄럽다."

"…예."

뻘쭘해진 윤태수는 헛기침을 한 뒤 다시 핸들을 쥐었다.

운전을 하다 신호에 걸리자 윤태수가 신혁돈을 바라보며 물었다.

"마법진 새기다 잘못된다고 죽진 않겠지 말입니다."

"그렇겠지."

"애들한테는 힘이 좋아지는 문신 새겨준다 해야겠습니다."

"그래라."

윤태수는 그제야 개운한 표정을 지으며 고개를 끄덕였다.

*   *   *

사무실에서 일을 하고 있던 세 사람은 동시에 오한이 들어 몸을 떨었다.

고준영은 옆에 앉아있는 민강태를 보며 말했다.

"왜 갑자기 몸을 떠십니까?"

"오한이 드네… 감기 기운이 있나?"

"형님도 그러셨습니까? 저도 이상하게 뒷목이 시린데 말입니다."

둘의 대화를 듣고 있던 한연수 또한 고개를 번쩍 들며 말했다.

"어? 나도 그런데. 독감인가?"

세 사람은 서로를 바라보며 고개를 갸웃거렸다.

*   *   *

다음 날 이른 새벽.

신혁돈은 병아리만 한 도시락의 뒤통수를 톡톡 두드렸다.

안지혜가 꾸며준 것인지 여자의 손이 닿은 것이 분명한 둥지에서 자고 있던 도시락은 신혁돈을 보고 고개를 갸웃거렸다.

신혁돈은 잠이 덜 깬 도시락을 어깨에 얹고 사무실을 나온 뒤 도시락의 배에 에르그 에너지를 불어넣었다.

갑자기 몸이 커진 도시락은 어리둥절한 눈으로 신혁돈을 바라보았다.

"어디 좀 가자."

도시락은 귀찮다는 듯 고개를 흔들었고 신혁돈은 5㎏짜리 개 사료를 꺼내며 말했다.

"돌아오면 더 큰 거 사주마."

신혁돈이 도시락의 머리를 향해 개 사료를 던졌고 도시락은 껍질 채로 받아먹은 뒤 신혁돈이 타기 편하게 몸을 낮추어주었다.

신혁돈이 등에 오르자 도시락은 날개를 펴고 날아올랐다.

인천에서 강북까지 순식간에 날아온 신혁돈은 호화로운 주택을 가리키며 말했다.

"저 위로."

도시락이 주택 위에서 멈추자 신혁돈은 새로 얻은 능력인 카무플라주를 발동시키며 말했다.

"숨어 있어라."

말을 마친 신혁돈이 주택의 마당으로 뛰어내렸다.

신혁돈은 분명 걷고 있었으나 발자국조차 남지 않았다. 집의

문에 도착한 신혁돈은 몰맨의 손톱을 발동시켜 자물쇠를 잘라버린 뒤 문을 열었다.

기름칠이 잘 되어있는지 아무런 소리도 없이 문이 열렸고, 신혁돈이 집 안으로 들어섰다.

집 안은 엉망이었다.

집기들은 무언가로 후려친 듯 전부 부서져 있었고, 그중 TV는 형체를 알아보기 힘들 정도로 처참히 부서져 있었다.

신혁돈은 집안을 한 번 살핀 뒤 무언가를 찾기 시작했다.

2층으로 올라간 신혁돈은 거대한 침대 위에서 목표물을 발견했다.

침대 위에서는 최태성이 잠들어 있었다.

신혁돈이 방에 들어선 순간 최태성이 눈을 뜨며 몸을 일으켰다.

"…음."

눈을 반쯤 뜬 최태성은 주변을 한 번 살핀 뒤 침대에서 일어서 탁자에 놓인 물을 마셨다.

그러고는 창밖을 바라보았다.

"뭐지?"

분명 이상한 느낌이 들었다.

누군가 보고 있는 것 같은 느낌.

하지만 방 안에는 아무것도 없었다.

의심이 들어 창밖을 보았으나 창밖 또한 평소와 같았다.

집 안에는 아무도 없다.

최태성은 적이 많다.

그렇기에 잠을 자는 공간인 집에는 아무도 들이지 않았다. 그럼에도 최태성은 아무런 걱정을 하지 않았다.

4등급 각성자인 자신을 습격할 정도로 담이 큰 사람이 있을 리가 없기 때문이다.

최태성은 괜히 서늘해진 뒷목을 긁으며 창문을 열어보았다.

그 순간.

서걱.

"끄아아악!"

무언가가 최태성의 오른쪽 귀를 잘라냈다.

"이런 씨발!"

최태성은 자신이 4등급의 각성자라는 것을 증명하듯 순식간에 능력을 발동시키며 사방으로 손을 휘둘렀다.

검은 나무줄기와도 같은 최태성의 양팔이 신혁돈이 서 있는 곳으로 쏘아졌다.

탱! 탱!

허공을 강타했으나 마치 바위를 때린 듯 최태성의 손이 튕겨져 나왔다.

최태성에 팔에 얻어맞은 신혁돈의 몸이 출렁였다.

아르마딜로 리자드의 피부를 켜놓은 상태였으나 내장이 진탕하는 충격.

역시 4등급 각성자였다.

전면전을 펼쳤다간 신혁돈 또한 팔이나 다리 하나쯤은 내놓아야 했을 수도 있다.

하지만 신혁돈은 지금 최태성의 숨통을 끊을 생각이 없었다.

최대한 천천히, 죽지도 살지도 못하게 만들 생각이었다.

최태성은 온몸을 변화시키며 감각을 끌어올렸다.

'무언가 있다!'

그제야 무언가의 숨소리가 들렸다.

인간의 숨소리라기에는 너무 거친, 짐승의 숨소리.

"어떤 새끼야!"

그때.

"크하하하!"

최태성의 뒤에서 알 수 없는 웃음소리가 터졌다. 최태성은 반사적으로 손을 휘둘렀으나 애꿎은 벽만 부서질 뿐, 아무것도 걸리는 것이 없었다.

그리고 모든 기척이 사라졌다.

최태성은 긴장을 풀지 않고 탐색을 시작했다. 하지만 집 안 전체를 살펴도 아무것도 없었다.

남은 흔적이라고는 자신의 귀가 잘리며 뿌려진 피.

그리고 잘려 나간 귀 뿐이었다.

없어진 것도 있었다.

"…내 귀."

방금 잘린 자신의 귀가 사라졌다.

"씨발!"

최태성은 광분하며 손을 휘둘렀다.

검은 나무덩굴로 변한 그의 손이 벽을 부수고 집안의 모든 것을 박살 냈다.

"어떤 개 같은 새끼야!!"

*　　　　*　　　　*

다음 날 아침.

사무실에 출근한 윤태수는 불을 켬과 동시에 화들짝 놀랐다.

"형님?"

"어."

"거기서 뭐 하십니까?"

신혁돈은 불도 켜지 않은 채 소파에 앉아 팔짱을 끼고 있었다.

"너 기다린다."

윤태수는 괜히 엄습하는 불안감을 엄습하며 코트를 벗어 옷걸이에 걸었다.

"무슨 일입니까?"

"바벨토의 목걸이."

"아, 그거 여기 금고에 있습니다. 직접 꺼내시지……."

말을 하던 윤태수는 자신이 금고의 위치와 비밀번호를 알려주지 않은 것을 기억해냈다.

"그러고 보니 형님은 금고가 어디 있는지 궁금하지 않으십니까?"

"어. 바벨토의 목걸이나 꺼내."

"…예, 예."

그래, 원래 저런 인간이었지.

홀로 고개를 주억거린 윤태수는 벽에 걸린 그림을 떼어내고 금고를 열어 바벨토의 목걸이를 꺼내 신혁돈에게 건넸다.

"어디 쓰려고 그러십니까?"

그때 사무실의 문이 열리며 세 명의 떨거지가 들어왔다.

"좋은 아침입니다. 형님!"

인사를 마친 세 사람은 자연스럽게 소파로 모여 앉았다.

윤태수 또한 소파에 앉자 신혁돈이 목걸이를 테이블에 올려둔 채 주머니에서 검은 비닐 봉투를 꺼냈다.

그리고 그 안에서 붉은색으로 물들어 있는 무언가를 꺼냈다.

모두의 이목이 집중된 순간. 윤태수가 말했다.

"…귀?"

자신의 말이 정답임을 확인한 윤태수가 오만상을 지은 채 이상한 신음을 흘렸다.

"으어어……."

세 떨거지들 또한 얼굴을 찌푸리며 테이블에 기대고 있던 몸을 소파에 묻었다.

"아침부터 무슨 호러영화 찍습니까?"

"아… 밥도 안 먹었는데."

신혁돈은 피식 웃고서는 바벨토의 목걸이를 들며 말했다.

"무구, 즉 아이템에는 특별한 힘이 숨겨져 있는 경우가 있지. 이 바벨토의 목걸이의 경우가 그렇다."

"그런 것도 있습니까? 무슨 능력입니까?"

"곧 알게 될 거다."

말을 마친 신혁돈은 손에 묻은 피를 바벨토의 목걸이의 정중앙에 있는 붉은 보석에 문질렀다.

그러자 붉은 보석이 마치 피를 마시듯 신혁돈의 손에 묻어 있던 피가 보석으로 빨려 들어갔다.

같은 작업을 몇 번 반복하자 붉은 보석이 검게 변했다.

그 과정을 보고 있던 윤태수는 고개를 돌리며 물었다.

"그건 그렇고 누구 겁니까?"

"그것도 곧 알게 된다."

작업을 마친 신혁돈은 귀를 다시 검은 비닐 봉투에 넣고 여몄다.

그러고는 TV를 틀어 뉴스 채널에 맞추었다.

윤태수와 떨거지들은 신혁돈과 TV를 번갈아 보다가 결국 TV에 시선을 고정했다.

어느새 신혁돈은 소파에 몸을 묻은 채 미소를 짓고 있었다.

TV에서는 아침 날씨와 어젯밤 있던 사건들에 대해 말하고 있었다.

결국 참지 못한 윤태수는 신혁돈에게 물었다.

"아, 겁나 궁금하네. 도대체 뭡니까?"

그때, 신혁돈이 턱짓으로 TV를 가리켰고 뉴스 앵커 두 명이 말을 시작했다.

―다음 뉴스입니다. 일명 '최태성 동영상' 사건으로 당국의 수사를 받고 있는 최태성 씨가 어젯밤 괴한들에게 습격을 당해 응급실에 입원했다고 전해집니다.

여자 앵커가 먼저 말했고 남자 앵커가 말을 이었다.

―강북 한복판에서, 그것도 집 안에서 습격을 당했다니 참 무서운 일인데요, 이번 일로 최태성 씨를 노리는 집단이 있다는 것이 사실로 입증된 것과도 같다는 주장이 나오고 있습니다. 또한 그에 반박하는 주장도 나오고 있습니다.

다시 여자 앵커가 말을 받았다.

―일각에서는 퍼포먼스가 아니냐 하는 말이 나오고 있는데요, 거기에는 이유가 있습니다. 최태성 씨는 자택에서 십수 명의 괴한에게 습격을 당했다고 주장했는데요, 정작 최태성 씨의 자택에는 아무런 흔적이 없는 게 첫 번째 이유고, 다른 상처 없이 오른쪽 귀만 잘린 점이 두 번째 이유입니다.

뉴스를 보던 네 사람의 입이 떡 벌어졌다.

그때 신혁돈이 말했다.

"십수 명은 개뿔."

신혁돈의 말에 윤태수와 떨거지들의 눈이 신혁돈에게로 돌아갔다.

"맙소사… 그거 최태성 귀입니까?"

신혁돈은 대답을 하지 않고 미소를 지었다.

네 사람은 질린 표정을 하며 서로를 바라보았다.

"도대체… 어떻게?"

신혁돈은 말을 하지 않고 카무플라주를 발동시켰다. 그러자 네 사람의 시야에서 신혁돈이 사라졌다.

하지만 소파에는 신혁돈이 앉아 있는 모양새 그대로 눌린 자국이 있었다. 모두의 눈이 자국으로 향한 순간.

"이렇게."

그와 동시에 신혁돈이 카무플라주를 풀었다. 그 모습을 본 고준영은 성호를 그으며 헛소리를 했다.

"오… 맙소사. 하느님, 부처님, 알라님."

"…도대체 형님은 능력이 몇 갭니까?"

"네 개, 아니, 다섯 개."

어글리 베어의 힘과 육눈수리의 힘. 그리고 몰맨의 힘과 아르마딜로 리자드의 힘과 카무플라주.

"그게 가능합니까?"

"어."

말을 하는 사이 뉴스 화면이 넘어가며 최태성이 입원해 있는 병실이 TV에 나왔다. 위에는 '단독 인터뷰', 그리고 '생방송'이라는 말이 떠 있었다.

곧 최태성이 화면에 잡혔다.

최태성은 환자복을 입고 얼굴 전체에 붕대를 칭칭 동여맨 채 죽을상을 하고 있었다.

최대한 불쌍한 이미지를 쌓으려는 것으로 보였다.

그 모습을 본 윤태수가 혀를 차며 말했다.

"마이더스가 이미지 메이킹 잘하네."

신혁돈은 헛웃음을 흘리고서는 에르그 에너지를 끌어올려 바벨토의 목걸이에 집어넣었다. 그러자 바벨토의 목걸이가 검은빛을 발했고, TV 속에서 인터뷰를 하고 있던 최태성의 동공이 풀렸다.

"최태성 씨?"

리포터가 물었지만 최태성은 여전히 풀린 동공으로 리포터가 아닌 무언가를 바라보고 있었다.

바벨토의 목걸이가 가진 효과, 상급 저주.

눈을 뜨고 있으면 자신이 가장 두려워하는 것의 환상이 나타나 몸을 찢어발길 것이고, 눈을 감고 있으면 세상 모든 어둠이 일어나 온몸을 물어뜯을 것이다.

귀를 송곳으로 쑤시는 듯한 환청은 덤이다.

멍하니 있던 최태성이 갑자기 능력을 발휘시켰다.

최태성의 온몸이 검은 나무껍질로 뒤덮인 순간.

위험을 감지한 리포터가 일어서 뒤로 물러섰다. 그와 동시에 카메라가 뒤로 물러섰고, 최태성이 팔을 휘둘렀다.

쾅!

최태성이 때린 벽이 움푹 패며 돌가루가 떨어졌다.

"꺄아악!"

비명과 함께 리포터가 병실에서 뛰쳐나갔고, 카메라가 바닥을 굴렀다. 그와 동시에 최태성의 발광이 시작되었다.

하얀 거품을 문 채 병실에 있는 모든 것을 부술 듯 날뛰는 최태성의 모습이 카메라를 통해 전파를 타고 전국으로 송출되었다.

"크하하하!"

기괴한 모습에 신혁돈이 웃음을 터뜨렸고, 윤태수는 팔에 돋는 소름을 무시하며 말했다.

"도대체… 무슨 짓을 하신 겁니까."

눈물을 찔끔 흘릴 정도로 웃은 신혁돈은 귀가 담긴 봉투와 바벨토의 목걸이를 윤태수에게 건네며 말했다.

"심심해지면 목걸이에 에르그 에너지를 집어넣어라. 보석 색이 다시 붉어지면 피 좀 묻히고."

오만상을 하곤 자신의 손에 들린 물건을 바라보던 윤태수가 물었다.

"여기 에르그 에너지를 집어넣을 때마다 최태성이 저 지랄발광을 한다는 말입니까? 그게 이 목걸이의 능력이고?"

"그렇지."

"맙소사… 도대체 이런 아이템은 왜 존재하는 겁니까?"

신혁돈은 어깨를 으쓱였고 윤태수는 들고 있던 물건을 고준영에게 건네며 말했다.

"형이 너 믿는 거 알지? 중책을 너에게 맡기마."

고준영은 오만상을 지어야 할지, 웃어야 할지 모르는 얼굴로 물건을 받아 들었다. 그러고는 한참을 고민하다 신혁돈에게 말했다.

"밤에 자기 전에 한 번씩 하겠습니다."

"좋은 생각이다."

신혁돈은 다시 TV로 시선을 던졌다.

어느새 최태성은 발작을 끝내고 침대에 누워 거친 숨을 몰아쉬고 있었다.

신혁돈은 쯧 하고 혀를 찼다.

그 또한 똑같은 것을 겪은 적이 있었다.

시도 때도 없이 찾아오는 환영과 환청은 정신을 피폐하게 만들었고, 종래에는 자살을 생각하게 만들 정도였다.

신혁돈은 고개를 휘휘 저어 과거의 기억을 털어냈다.

잠시 TV를 바라보던 신혁돈이 자리에서 일어서며 말했다.

"고생해라."

"어디 가십니까?"

"네 동생 만들러."

"…예?"

멍하니 있는 윤태수를 뒤로 한 채 신혁돈이 사무실을 나섰다.

제6장

김민희를 얻다

윤태수의 일 처리 능력은 알아줘야 한다. 바로 어제 차를 반파 시켰는데, 오늘 아침 똑같은 차를 대령시켜 놓았다.

"…대단한 놈."

심지어 내부 인테리어와 안에 있던 물건뿐만 아니라 의자와 룸미러, 사이드미러의 설정까지도 똑같다.

신혁돈은 도시락을 조수석에 둔 채 시동을 걸었다.

그러자 도시락이 삐약거리며 핸들 위로 날아왔다.

"뒷좌석."

도시락은 고개를 갸웃거린 뒤 뒷좌석으로 날아갔고, 그곳에 있는 20kg짜리 개 사료를 발견했다.

그러고는 신나서 삐약거리며 20kg짜리 개 사료의 안으로 뛰어

들었다. 그 모습을 본 신혁돈은 미소를 짓고 액셀러레이터를 꾹 밟았다.

2월 말, 겨울의 끝이 다가오고 봄의 시작이 머지않았으며 학생들에겐 새학기라는 설렘이 다가오는 시점. 그리고 신혁돈의 사람들 중 홍일점, 김민희가 각성하기까지 일주일 남은 시점이었다. 그녀 말대로라면 그녀는 스무 살이 되어 대학에 입학했고, 개강 첫날 아침 각성했다.

집안 사정이 불우한 탓에 알바 두세 개를 뛰며 대학 등록금을 마련하던 그녀는 각성자가 됨과 동시에 대학을 포기했다.

그리고는 각성자의 길에 들어서게 된다.

그녀는 전 세계 어디에도 없는 특이한 능력을 가지고 있다.

능력의 이름은 '무한한 생명력'.

말 그대로 목이 잘려도 다시 붙이면 살아난다. 팔이 잘려도 붙이면 되고, 불에 타 없어진다 한들 다시 자라난다.

마치 단세포와도 같은 엄청난 재생력 덕에 '트롤'이라는 별명까지 얻은 그녀에게도 약점은 있었다. 머리가 다치면 재생이 될 때까지 제대로 된 사고를 하지 못한다는 것과 기억이 뭉텅이로 사라진다는 것.

무엇보다 '생명의 근원'이라 불리는 존재, 김민희에게는 '생명의 근원'이라는 게 존재하며 그것이 파괴되면 재생력이 사라진다고 말했다.

그리고 전무한 전투 능력. 그녀는 방어에는 정말 특출한 재능을 가지고 있었지만 무기를 다루는 것에는 젬병이었다.

'그래서 방패를 들고 싸웠지.'

누가 가르쳐 준 사람도 없거늘 그녀의 방패술은 일품이었다. 신혁돈 또한 방패를 든 그녀의 방어를 뚫기 위해서는 전력을 다 해야 할 정도.

그래서 백종화와 잘 어울렸다. 언령을 통해 무한히 마법을 뿜어내는 백종화와 그 무엇도 통과시키지 않는 벽.

최강의 듀오였다.

무엇보다 잘 어울리는 이유는 김민희의 성격. 어릴 적부터 육상을 해서인지, 타고난 성품이 그런 것인지 시키는 일에 군말이 없었다. 그 덕에 백종화는 체스 말을 부리듯 김민희를 전술적으로 사용할 수 있었고, 둘의 시너지는 어마어마했다.

고개를 한 번 끄덕인 신혁돈은 창문을 열었다. 어느새 창문을 열고 달려도 싸늘할 뿐 그다지 춥지 않은 날씨가 되어 있었다. 신혁돈은 붉은색의 차를 한번 슥 바라보았다.

'이 정도면 꽃마차지.'

데리러 갈 시간이 되었다.

*　　　*　　　*

편의점 문이 열리고 덩치 큰 사내가 들어왔다.

덩치보다는 흔한 트레이닝복과 어깨에 걸친 망토가 먼저 눈에 들어왔다. 바로 카운터로 다가오는 손님을 본 김민희는 자리에서 일어서며 말했다.

"어서 오세요."

카운터로 오는 손님은 담배를 찾는 경우가 많다. 김민희가 저 손님은 무슨 담배를 피울까 생각한 순간.

"김민희."

김민희는 자신의 가슴께에 달린 명찰을 바라보았다. 그러고는 대답했다.

"예?"

사내는 무작정 손을 건넸다. 마치 악수를 하자는 듯한 모양새. 김민희는 한 걸음 뒤로 물러서며 말했다.

"뭐예요?"

"악수하자고."

김민희는 미간을 구기며 핸드폰을 들었다.

"저 남자친구 있어요."

"거짓말하지 마라."

정곡을 찔린 김민희의 얼굴이 굳었다.

"…아니, 이 아저씨가 나에 대해서 뭘 안다고……."

"이름 김민희, 나이 스물. 홀어머니를 모시고 살고 S대학 체육과에 입학 예정. 그리고 3월 2일 각성 예정."

가만히 듣고 있던 김민희의 입이 벌어졌다.

"스토커? 아니, 각성은 뭐죠?"

"악수하면 알려주지."

"미쳤어요?"

"지극히 정상이다."

김민희는 의심 섞인 눈으로 신혁돈의 손을 살폈다.

억세 보이는 손과는 어울리지 않게 새끼손가락과 약지, 중지에 색이 다른 반지가 끼워져 있었다.

"…악수는 왜요?"

"반가워서."

"이상한 아저씨네……."

그 와중에도 이상한 아저씨, 신혁돈은 미소를 짓고 있었다.

알 수 없는 푸근함에 김민희가 물었다.

"아저씨, 저 알아요?"

"아주 잘 알지."

"어떻게요?"

"악수하면 알려주지."

"이상한 짓 안 할 거죠?"

"맹세하지."

단순한 말이었음에도 불구하고 신혁돈의 눈빛이 더해지자 사람을 설득하는 마력이 있었다. 김민희는 삼시 고민하다 신혁돈의 손을 향해 손을 뻗었다.

그러자 신혁돈이 그녀의 손을 쥐고 위아래로 흔들며 말했다.

"반갑다."

그러고는 손을 놓았다.

"끝이에요?"

"아쉽나?"

"그럴 리가. 그럼 이제 말해줘요. 나에 대해 어떻게 아는지."

"10년… 정도 함께했다."

김민희의 고개가 모로 꺾였다.

10년 전이라면 자신이 열 살 때. 아무리 어릴 때라지만 이런 사람을 기억하지 못할 리 없었다. 김민희가 반박하려는 순간.

"넌 네가 얼굴도 예쁘고, 몸매도 좋은데 왜 남자친구가 생기지 않을까 하고 항상 고민하지."

"…그래서요?"

"넌 성격이 문제다."

김민희가 헛웃음을 터뜨렸다.

"아저씨, 미쳤어요?"

"지극히 정상이라니까."

"물건 안 살 거면 나가요."

신혁돈은 천천히 고개를 끄덕였다. 어차피 한 번의 만남으로 그녀를 얻을 수 있을 거라곤 생각하지 않았다. 그녀가 각성하는 순간 제일 먼저 생각날 사람으로 각인을 시켜두기만 해도 만족스러운 성과였다.

"뭐, 어쨌거나 넌 각성한다. 3월 2일에. 그럼 넌 대학을 나와 육상 선수로 성공하는 길과 각성자로서 돈을 버는 길, 어느 쪽이 어머니에게 도움이 될지를 고민하다 나한테 연락하게 될 거고."

김민희의 입이 벌어졌다.

"무슨 말도 안 되는……."

신혁돈은 어깨를 으쓱한 뒤 진열대에서 펜 하나와 조그만 수첩을 하나 골랐다. 그리고 초코우유 하나까지 고른 신혁돈이 카운터로 돌아왔다.

"4,000원이에요."

카드를 긁은 신혁돈은 그 자리에서 수첩을 펴고 자신의 핸드폰 번호를 적었다. 그러고는 초코우유와 함께 카운터에 올려두며 말했다.

"각성하면 연락해라."

그리고 신혁돈은 떠났다.

망토를 휘날리며 차에 오르는 신혁돈의 뒷모습을 본 김민희는 초코우유와 수첩을 번갈아 보며 말했다.

"…미친 사람인가?"

*   *   *

사무실에 있던 윤태수의 핸드폰이 울렸다.

―윤태수 씨 핸드폰, 맞나요?

"예, 윤태수입니다."

이서윤이었다. 윤태수는 전화를 받음과 동시에 일을 하고 있는 세 명의 떨거지를 바라보았다.

―아, 전에 말씀하신 것 때문에 전화드렸어요.

"예."

―저번에 혁돈 씨가 주신 물건이 연구 진척에 아주 큰 도움이 되어서요. 그… 임상… 실험 도와주신다고 하셨잖아요?

"그랬죠."

—이게 절대 위험한 게 아니거든요. 처음에는 간단한 근력 증가부터 시작해서 반응을 보면서 이능 발현까지 갈 거고, 아주 많은 안전장치를 해둘 것이기 때문에…….

이서윤의 말이 길어지자 윤태수가 말했다.

"뭐, 죽을 일은 없지 않습니까?"

—당연하죠! 털끝 하나 다칠 일도 없어요.

"뭐, 서윤 씨가 전문가니까 잘 아시겠죠. 그럼 언제쯤이 편하십니까?"

—저야 빠르면 빠를수록 좋죠.

"그럼 지금 갈까요?"

—아, 그러면 저야 감사하죠.

"알겠습니다. 그럼 조금 이따 뵙죠."

—예.

전화를 끊자 세 사람의 이목이 윤태수에게로 집중되었다.

"죽을… 일은 뭡니까?"

윤태수는 손을 휘휘 저으며 말했다.

"아냐, 절대 그럴 일 없어. 전문가의 말이니까 믿어도 된다."

"…전문가라니까 믿음이 안 가지 말입니다. 무슨 일입니까?"

윤태수는 손짓으로 세 사람을 소파로 모았고, 자신 또한 소파에 앉으며 말을 시작했다.

"너희 혁돈 형님처럼 강해지고 싶지 않냐?"

세 사람은 무의식적으로 고개를 끄덕였다.

"강해지고 싶지 말입니다."

"그럼 따라와."

윤태수가 자리에서 일어나 코트를 챙겼다. 그의 뒷모습을 불안한 눈빛으로 바라보던 고준영이 밍기적거리며 물었다.

"왜 도살장에 끌려가는 돼지의 심정이 드는지에 대해 가르쳐 주시면 안 됩니까?"

"사내놈이 뭐 이리 겁이 많아? 그냥 문신 하나 새기러 가는 거야."

윤태수의 말에 세 사람의 의문이 증폭되었다. 문신이랑 신혁 돈만큼 강해지는 게 무슨 관계가 있단 말인가.

윤태수는 사무실 밖으로 나가 버렸고 세 사람은 의문이 가득한 얼굴로 사무실 밖으로 나섰다.

윤태수의 차에 오른 세 사람은 복잡 미묘한 표정으로 앉아 있었다. 어색한 침묵 속 고준영이 입을 열었다.

"진짜 안전한 거지 말입니다?"

"아니, 이 새끼들은 최태성 잡자고 할 때는 눈에 불을 켜고 달려들더니 문신 하나 새기는 거엔 왜 이렇게 겁을 먹고 난리야?"

"보통 문신 새길 때 죽은 일은 없냐고 물어보긴 않지 말입니다."

윤태수는 흐음 하는 신음을 흘린 뒤 말했다.

"전문가의 의견이라 괜찮다니까?"

"전문가의 의견이라니까 더 신용이 안 간단 말입니다."

결국 윤태수는 말을 멈추고 조용히 고준영을 쳐다보았다.

윤태수의 눈빛을 이기지 못한 고준영은 고개를 푹 숙였다.

뒤에서 가만히 있던 덩치, 민강태가 말을 꺼냈다.

"안전이야 둘째 치고 문신을 새기면 혁돈 형님만큼 강해질 수 있는 겁니까?"

"그 양반만큼… 은 장담 못 하겠다만. 어지간한 각성자들보다는 강해질 거다."

민강태는 천천히 고개를 끄덕인 뒤 시트에 몸을 묻었다.

윤태수와 떨거지들은 신혁돈이 준 차원지기의 코어를 먹고서 폭발적인 성장을 해냈다. 하지만 그 뒤로 차원문에 갈 일이 없었기에 자신들이 얼마나 강해진지를 모르고 있었다. 그런 와중에 더 강해지려 하는 윤태수의 행동이 이해되지 않을 수도 있었다.

하지만 그들은 억지로 이해했다. 윤태수가 그들을 사지로 몰고 갈 리가 없다는 것을 믿고 있기 때문이었다.

그리고, 그 결정은 얼마 지나지 않아 번복되었다.

*   *   *

경기도 외곽에 있는 이서윤의 집에 도착하자 네 사람이 차에서 내렸다.

"설마 여깁니까?"

해가 진 저택은 황량하다 못해 으스스한 기운을 뿜고 있었다.

게다가 저 넓은 집에 불이 켜진 곳이 단 한 군데도 없었다.

"응."

"공포 영화 촬영지로 딱인데 말입니다."

"시끄러."

윤태수가 조명하나 없는 정문 앞에 섰다. 그러자 벨을 누르기도 전에 거대한 철문이 소리도 없이 스르르 열렸다.

"으어……."

"뭐 이런 걸로 놀라."

윤태수 또한 심장이 덜컹인 것을 숨기기 위해 고준영에게 타박을 주었다.

고준영은 머리를 긁적였고, 네 사람은 저택으로 들어갔다.

저택에 들어가자 이서윤이 마중을 나왔다.

1m짜리 앵무새 루디와 함께.

"…저건 도시락 친구입니까?"

"아뇨, 루디예요. 제 애완동물이고, 괴물이 아니라 평범한 앵무새예요."

배에 떡하니 떠 있는 패턴을 애써 무시한 고준영이 먼저 인사했다.

"고준영입니다."

"민강태입니다."

"한연수입니다."

"이서윤이에요."

그 모습을 보고 있던 윤태수는 간단히 고개 숙여 인사한 뒤 응접실과 비슷한 방으로 향했다.

"어디까지 들으셨는지는 모르겠지만… 간단히 말씀드리면 저는 여러분께 마법진을 새겨 드릴 거예요. 작게는 근력 증가부터 크게는 이능 발현까지 할 수 있는 마법진이죠."

"패턴 몬스터에게 있는 패턴과 비슷하다고 보면 된다."

이서윤이 말하자 윤태수가 설명을 거들었다. 이서윤은 윤태수에게 고개를 한 번 끄덕여 준 뒤 말을 이었다.

"쉽게 말하자면 태수 씨의 말이 맞아요. 더 쉽게 말하자면 그냥 문신을 새긴다 생각하시면 돼요."

생각한 것보다 간단한 내용에 고준영의 표정이 조금 풀렸다.

"그럼 문신을 한다 생각하면 되는 겁니까?"

"네."

이서윤은 미소를 지으며 대답했지만 알 수 없는 오한이 느껴졌다.

"근데 왜 불안할까?"

"너도? 나도."

한연수가 고준영의 말을 받았다.

둘의 시선이 민강태에게로 향했고 민강태에게 시선이 모인 순간 민강태는 윤태수를 바라보았다.

그 순간 이서윤이 물었다.

"태수 씨도 하실 거죠?"

"어?"

동생들이 하는 것을 보고 나서 할 생각이었던 윤태수는 상황이 이상하게 돌아가자 급히 말을 꺼냈다.

"아무래도 저희가 하는 일도 있고 하니 네 사람이 한 번에 다 빠지긴 무리라서 말입니다. 한 번에 한 명씩만……."

"그럼 태수 씨 먼저 할까요? 저도 네 분에게 동시에 시술하는 건 무리라……."

윤태수의 미간이 일그러졌다.

'당했다!'

윤태수 또한 신혁돈만큼 강해지는 것을 갈구하는 사내였다. 하지만 임상 실험의 대상이 되는 것은 사양이었다.

윤태수는 곁눈질로 세 떨거지를 보았다.

그들은 눈으로 말하고 있었다.

'형님이 안 하시면 저희도 안 합니다.'

"제가 하는 일이 있는데 이게 꼭 제가 해야 하는 거라……."

"저희 셋이면 충분히 가능합니다, 형님. 그렇지?"

"암요."

윤태수가 민강태를 죽일 듯 노려보았으나 민강태는 시선을 돌려 이서윤을 바라보았다. 순식간에 수많은 시선이 오갔고 결국 윤태수가 이를 악물며 말했다

"…그럽시다. 그래."

"역시, 형님은 모든 형님의 귀감이십니다."

"대단하십니다."

"…썩을 놈들."

윤태수를 제외한 네 사람이 한마음으로 미소를 지었다.

결국 세 사람은 돌아갔고 윤태수만 이서윤의 집에 남았다.

실험실로 이동한 윤태수는 상의를 벗은 채 침대에 엎드려 누웠다. 그러자 이서윤이 문신을 새기는 도구를 가져와 말했다.

"일단 패턴 몬스터가 그렇듯이 이능과 신체 능력 강화는 마법진의 구조 자체가 달라요. 그래서 2개의 마법진을 새기고 거기서 능력을 확장해 나가는 식으로 할 거예요."

"알겠습니다."

"이능 마법진은 신체 능력 강화 마법진이 안정된 뒤에 할 거니까 걱정하지 않으셔도 되요."

이서윤은 주사기와 비슷하게 생긴 문신 기계를 들고 윤태수에게로 다가오며 물었다.

"어디에 새길까요?"

"등으로 합시다."

"예, 조금 따끔할 거예요. 절대 움직이시면 안 돼요."

신비한 색을 띠는 액체가 흘러나오며 윤태수의 등에 마법진이 새겨지기 시작했다.

시간이 얼마나 지났을까? 윤태수의 등에 마법진이 완성된 순간 그의 등에 새겨진 마법진이 빛을 발했다.

윤태수는 방이 환해지는 것을 보며 물었다.

"이거, 원래 이럽니까?"

이서윤은 대답이 없었다.

"서윤 씨?"

"…맙소사."

순간 불안해진 윤태수는 움직이지 말라는 이서윤의 말에도 몸을 돌렸고 벽에 있는 거울을 통해 자신의 등에서 빛나는 마법진을 볼 수 있었다.

"이봐요, 이거 원래 이러는 거냐니까!"

"그… 아니요."

"그럼 뭔데!"

"…모르겠는데요."

그 순간 윤태수는 등이 뜨거워지는 것을 느꼈다. 고통은 점점 심해졌고, 결국 등을 불로 지지는 듯한 고통이 시작되었다.

"이럴 리가 없… 없는데. 왜 이러지?"

이서윤이 당황하는 사이 윤태수는 비명을 지르며 바닥을 뒹굴었다.

"끄아!"

"태, 태수 씨!"

*　　　　　*　　　　　*

다음 날 아침, 사우나에 다녀온 신혁돈은 사무실로 향했다.

"태수 어디 갔냐?"

항상 제일 먼저 사무실에 출근해 자리에 있던 윤태수가 보이지 않았다.

"그… 전문가네 집에 들어간 뒤로 연락이 없지 말입니다."

"전문가? 무슨 전문가."

"마법진 전문가 있잖습니까. 이씨 여자."

"이서윤. 태수가 그 사람 집을 왜 가?"

"아, 그 이름 맞습니다. 어제 저희 데리고 그 사람 집 갔었는데……."

어제 있던 일을 들은 신혁돈은 헛웃음을 흘렸다.

"너희 모르모트로 쓴다더니 자기가 당했구만."

고준영은 입을 비죽 내민 채 고개를 끄덕였다.

"…그럴 줄 알았지 말입니다."

"그 뒤로 연락 없어?"

"예, 둘이 오붓한 시간이라도 보내고 있나 봅니다."

"알았다. 나 차원문 간다."

"예, 아, 그리고 저번에 판매 위탁했던 아이템들 경매 완료되었습니다."

"수고비 떼고 내 계좌로 입금해 둬."

"넵, 고생하십쇼!"

사무실을 나선 신혁돈은 백종화에게 전화를 걸었다.

"어디냐."

─집입니다.

"제수씨는?"

─…제수씨 아닙니다.

"어쨌거나."

―옆에 있습니다.

"집이라며?"

―……

피식 웃은 신혁돈이 말을 이었다.

"차원문 갈 거니까 준비해서 나와라."

―지혜도 데려갑니까?

"어."

―예, 준비해 두겠습니다.

백종화의 집 앞에 도착하자 안지혜와 백종화가 커다란 백팩을 하나씩 안고 나왔다. 짐을 트렁크에 실은 두 사람은 신혁돈에 차에 탔다.

조수석에 앉은 백종화가 물었다.

"이번에도 경계를 지나서 갑니까?"

신혁돈이 고개를 끄덕이자 백종화가 말을 이었다.

"이번 목표는 뭡니까?"

"헤드 헌팅 비슷한 거."

차원문의 일반 몬스터를 잡지 않고 보스 몬스터만 처리한 뒤 나오는 것을 헤드 헌팅이라 한다.

한데 비슷한 것이라.

"특정한 몬스터를 찾는 겁니까?"

"글쎄… 몬스터일 수도, 무구일 수도 있다."

아이가투스의 네 번째 시련은 '리토넬'을 찾는 것이었다.

제한 시간도, 리토넬이 무엇인지도 나와 있지 않았다. 그저 리토넬을 찾으라는 말만 쓰여 있을 뿐이었다. 신혁돈의 설명을 들은 백종화는 시트에 기댔고, 차 안을 살피던 안지혜가 물었다.

"그런데, 도시락은 어디 갔어요?"

그때 뒷좌석에 있던 개 사료 봉투가 꿈틀거렸다. 안지혜는 화들짝 놀라며 개 사료 봉투를 보았고, 그 사이로 고개를 내미는 작은 새를 발견했다.

"…설마 도시락이니?"

도시락은 오랜만에 만나는 안지혜가 반가운지 삐약거리며 안지혜의 품으로 달려들었다.

"도시락이 이렇게 작아졌어요? 아이, 귀엽다."

안지혜는 도시락을 품에 안았다가 도시락의 몸에서 진동하는 개 사료 냄새에 얼굴을 찌푸렸다.

*　　　　　*　　　　　*

레드 홀에 들어온 신혁돈은 육눈수리 몬스터 폼으로 변신했다. 그리고 도시락의 몸을 원래대로 되돌려 주었다. 원래의 크기로 돌아온 도시락은 크게 포효한 뒤 몸을 낮추었다. 안지혜는 놀랐으나 금방 적응했고 안지혜와 백종화는 도시락의 등에 올랐다.

준비를 마친 세 사람과 한 마리는 차원의 경계를 향해 날아갔다.

"차원의 경계를 통과한다니… 신기하네요."

"가자마자 뭐가 튀어나올지 모르니까 긴장해."

백종화는 두 번째였지만 첫 번째 경험이 너무나 강렬했기에 긴장의 끈을 놓지 않은 채 차원의 경계로 들어섰다.

차원의 경계를 넘어서자 거대한 협곡이 눈에 들어왔다.

양쪽으로는 깎아놓은 듯한 절벽이 펼쳐져 있었고, 뒤 또한 절벽으로 막혀 있었다.

즉 앞으로 가는 길밖에 없는 상황.

"도시락."

"까악."

"높이 날아봐."

도시락은 곧장 하늘로 날아올랐고 협곡의 꼭대기에 도착한 순간 보이지 않는 벽에 부딪혔다. 도시락은 까악까악거리며 벽을 쪼고 할퀴어봤지만 아무런 소용도 없었다.

"막힌 것 같네요."

백종화의 말에 신혁돈은 고개를 끄덕인 뒤 말했다.

"내가 맨 앞, 도시락은 하늘, 종화가 중간, 지혜 씨가 맨 뒤에 선다."

"알겠습니다."

"네."

세 사람과 한 마리는 무엇이 튀어나올지 모르는 협곡의 바닥을 천천히 걸었다. 협곡은 자연적으로 생긴 것 같지 않았다.

마치 빌딩만 한 도끼로 땅을 내려찍은 것과 같이 기형적인 구조를 하고 있었다.

"···끝이네?"

두 시간 정도를 걷자 협곡의 끝이 나타났다.

"도대체 뭐야? 뭘 찾는다고 하셨죠?"

"리토넬."

무언가를 찾으라 했고 협곡으로 보내졌으니 이 안에서 단서를 찾아야 했다. 세 사람이 생각에 잠기자 하늘을 배회하던 도시락은 튀어나온 돌부리에 앉았다.

그 순간 돌부리가 무너지며 돌들이 쏟아졌고, 세 사람은 얼른 뒤로 물러섰다. 어른 머리만 한 돌들이 후드득 떨어지고는 먼지가 일었다. 세 사람은 혀를 차며 도시락을 노려보았고, 도시락은 얼른 바닥으로 내려왔다.

도시락의 날갯짓 덕에 먼지구름이 걷혔고, 돌무더기 속 무언가를 발견할 수 있었다. 마치 돌로 된 도마뱀같이 생긴 녀석이 돌무더기 속에서 발버둥을 치고 있었다.

"···뭐지?"

백종화가 망설이는 사이 신혁돈이 달려 나가 아르마딜로 리자드의 턱을 발로 찼다. 순간 꺽 하는 소리와 함께 아르마딜로의 배가 드러났고, 신혁돈은 몰맨의 손톱을 뽑아 아르마딜로 리자드의 배를 갈라놓았다.

"이러니 못 찾지."

바위와 똑같은 색의 피부색, 게다가 온몸에 바위덩이를 붙이

고 있는 것같이 생긴 아르마딜로 리자드를 맨눈으로 구별하는
것이 쉬울 리가 없었다. 게다가 특별한 스킬이라도 있는지 에르
그 에너지 탐지에도 걸리지 않았다.

주변을 살피던 신혁돈이 백종화에게 말했다.

"중력 역전, 할 수 있냐?"

"…절 무슨 대마법사, 이런 걸로 보시는 겁니까?"

신혁돈은 대답 없이 백종화를 바라보았고 백종화는 헛웃음을
흘리며 물었다.

"정말 가능할 거라 생각하십니까?"

"응."

"일단은 해보겠습니다만……."

결국 백종화는 한숨을 내쉬며 앞으로 나섰다.

그러고는 눈을 감은 뒤 중력이 뒤집어져 모든 것이 하늘로 떠
오르는 이미지를 구체화시키며 외쳤다.

"떠올라라!"

순간 뱃속에 있는 모든 것이 몸 밖으로 빠져나가는 느낌과 함
께 언령이 발동되었다. 하지만 아무런 일도 일어나지 않았다.

몇 초 더 살피던 백종화가 뒤로 돌아 신혁돈을 바라본 순간
어느새 괴문이 모습으로 변한 신혁돈이 앞으로 달려 나갔다. 그
러고는 바위 하나를 힘껏 후려쳤다.

"키에!"

그러자 바위처럼 보였던 것이 몸을 일으키며 신혁돈을 향해
달려들었다.

눈이 보이지 않는 공간에서도 상대가 안 되던 아르마딜로 리자드다. 햇빛이 환히 비추고 있는 곳에서 상대가 될 리 만무.

간단히 괴물을 처치한 신혁돈이 다시 한 번 앞을 가리키며 말했다.

"한 번 더."

백종화는 언령을 사용하지 않고 신혁돈과 괴물의 시체를 번갈아 보았다. 자신의 눈에는 변한 것이 아무것도 없었다. 한데 신혁돈은 무언가를 발견했고, 괴물을 잡아낸 것이다.

"어떻게 아신 겁니까?"

"감."

"아니… 뭔가 좀 구체적인 거 없습니까."

"눈 똑바로 뜨고 봐라."

백종화는 눈을 똑바로 뜨고 다시 한 번 언령을 사용했지만 그래도 알아챈 것은 없었다.

"모르겠는데 말입니다."

"알 때까지 해봐."

"…예에."

실마리를 찾은 세 사람은 거침없이 앞으로 나아갔다. 중력 역전을 연속으로 다섯 번 사용한 백종화가 지쳐 나가떨어졌다.

그러자 신혁돈이 안지혜에게 말했다.

"땅을 갈아엎어 주십시오."

"얼마나요?"

"힘닿는 데까지."

"네."

안지혜가 앞으로 나섰고 스킬을 통해 땅을 갈아엎었다. 그 순간 아르마딜로 리자드의 위치를 파악한 신혁돈이 쏜살같이 달려들었다.

"이렇게 갑시다."

백종화의 힘이 빠지면 안지혜가, 안지혜의 힘이 빠지면 그동안 쉬고 있던 백종화가. 세 사람은 이런 식으로 모든 아르마딜로 리자드를 정리하며 나아갔다.

                    *   *   *

윤태수가 눈을 떴다.

처음 보는 천장이 시야를 가득 메웠고, 곧 정신이 돌아오며 어젯밤 있었던 일이 기억났다. 등을 인두로 지지는 듯한 고통과 함께 바닥을 뒹굴다가 정신을 잃었다.

그리고 아침, 윤태수는 반사적으로 고개를 돌려 등을 보았고, 한숨을 내쉬었다.

등에서는 여전히 푸른빛이 폭사되고 있었다.

불행 중 다행인 점은 어제와 같은 고통은 없다는 것.

윤태수는 한숨을 내쉬며 침대에서 내려왔다.

"얼씨구?"

옆에 있는 테이블에 엎드려 잠들어 있는 이서윤이 보였다. 윤태수는 테이블을 똑똑 두들기며 말했다.

"저기요."

이서윤은 통통 부은 얼굴로 고개를 들었고 윤태수가 말을 이었다.

"사람을 이 꼴로 만들어놓고 잠이 옵니까?"

윤태수는 몸을 돌려 등을 보여주었고, 방금 잠이 깬 이서윤은 밝은 빛에 미간을 찌푸렸다가 말했다.

"…죄송해요."

윤태수는 옆에 있는 의자를 끌어와 그녀의 앞에 앉으며 말했다.

"그래서?"

"예?"

"예는 무슨 예야? 무슨 일이 벌어진 건지, 이게 왜 이렇게 된 건지, 무슨 효과가 있고 어떤 부작용이 있는지 알아내야 하는 게 당신의 역할 아닙니까?"

이서윤은 천천히 고개를 끄덕이고선 종이 한 장을 내밀었다.

"일단 이번 일은 윤태수 씨 몸이 일반인과 달라서 생긴 문제였어요. 물론 피시술자의 몸을 제대로 살피지 않은 제 실수가 크고, 그것에 대해서는 정말 죄송하게 생각해요."

종이에는 수많은 글이 있었지만 윤태수가 읽을 수 있는 글은 단 한 글자도 없었다. 대충 훑은 뒤 종이를 내려놓은 윤태수가 물었다.

"왜 이렇게 된 건지는 알았고, 다음 건?"

"효과는… 일단 등이 빛나요. 태수 씨가 정신을 잃고 있는 사이에도 계속 빛나고 있었어요."

윤태수가 헛웃음을 흘렸다.

"장난칩니까?"

"물론 아니죠. 신체적 능력이 말도 되지 않게 향상되었어요."

드디어 원하는 대답을 들은 윤태수가 팔짱을 끼며 말했다.

"좀 더 자세히 말해보십시오."

"태수 씨는 원래 밀리 계열 각성자였고, 마법진 또한 신체 능력을 강화시켜 주는 밀리 계열 마법진이었죠. 그런데… 태수 씨 몸에 있던 무언가가 마법진에 반응했고, 마법진의 효과가 몇십 배, 아니, 몇백 배는 강화되었어요."

이서윤은 자리에서 일어나 한 걸음 뒤로 물러섰다. 그러고는 윤태수 앞에 놓인 테이블을 가리키며 말했다.

"내려쳐 보세요. 힘껏."

원목도 아닌 대리석으로 된 테이블이었다.

"부숴도 됩니까?"

"저 돈 많아요."

"예."

윤태수는 아리송한 얼굴로 일어났다. 아무리 3등급의 각성자라 한들 제대로 된 스킬 없이 본연의 힘만으로 투툼한 내리석을 내려쳐 봤자 깨뜨리긴 힘들 것이었다.

생각을 마친 윤태수가 테이블을 힘껏 내려쳤다. 그 순간, 윤태수의 등에 있던 마법진이 더욱 환하게 빛을 발했다.

쾅!

대리석 테이블이 네 조각 나며 사방으로 돌조각을 뿌렸다.

"…맙소사."

이서윤은 그럴 줄 알았다는 듯 주먹만 한 대리석 조각 하나를 들어 윤태수에게 건넸다.

"쪼개보세요."

윤태수는 무언가에 홀린 듯 대리석 조각을 양손으로 쥐고 힘을 주었다. 그러자 대리석은 두 조각으로 쪼개지는 대신, 산산조각 나서 윤태수의 손가락 사이로 흘러내렸다.

"이게… 내 힘이란 말입니까?"

"그것뿐만 아니에요. 전반적인 신체적 능력치가 어마어마하게 향상되었어요. 달리기 속도, 높이뛰기, 무엇이든 인간의 범주를 뛰어넘은 엄청난 능력을 발휘할 수 있을 거예요. 문제는… 부작용이라면 부작용이라 볼 수 있는 자연 후광이죠."

그녀의 말에 윤태수가 거울에 등을 비춰보았다.

힘을 사용한 것 때문인지 등에서 나는 빛이 더욱 강해져 있었다.

"이건 못 고칩니까?"

"예."

생각 외의 단호함에 윤태수가 헛웃음을 흘렸다. 윤태수는 자신이 얻은 힘이 신기한지 계속해서 돌을 주워 가루로 만들었다.

그사이 이서윤이 물었다.

"태수 씨가 가진 스킬은 어떤 게 있죠?"

"없습니다."

"…지금도요?"

윤태수는 스킬창을 켜 보았고, 새로운 것을 발견할 수 있었다.

"…어라?"

증폭 [Rank F, Rare, Passive]

―상대에게 가하는 충격을 증폭시킨다.

―자신에게 더해지는 이로운 효과를 증폭시킨다.

감쇄 [Rank F, Rare, Passive]

―자신이 받는 충격을 감쇄시킨다.

―자신에게 가해지는 해로운 효과를 감쇄시킨다.

두 가지 스킬의 설명을 들은 이서윤은 고개를 끄덕이며 말했다

"증폭… 이라는 스킬이 마법진과 시너지 효과를 일으켰나 보네요. 그전까지는 스킬이 없으셨나요?"

"예."

"아마 마법진이 에르그 에너지를 흡수하면서 몸에 잠재되어 있던 스킬이 나타난 것 같아요. 축하드려요."

"…예."

어딘가 찜찜하긴 했지만 결과적으로는 잘된 일이었다.

"그럼 몇 가지 실험 좀 해봐도 될까요?"

윤태수가 미심적은 눈으로 보자 이서윤은 손을 휘휘 저으며 말했다.

"그냥 태수 씨의 힘의 한계가 어디까지인지, 어떻게 발동하는 건지를 알아보기 위해 하는 거라서 절대적으로 안전해요."

"저는 어제 죽는 줄 알았습니다만."

이서윤은 어색한 미소를 띠웠고 윤태수는 고개를 저었다.

"일단 며칠 지나고 합시다. 지금은 뭐가 어떻게 된지를 알아야겠으니까."

"…그러시다면 어쩔 수 없죠."

이서윤은 지은 죄가 있어 더 이상 말하지 못하고 뜻을 접었다. 윤태수는 벗어두었던 셔츠를 걸친 뒤 거울을 보았다.

셔츠 밖으로 환한 빛이 흘러 나왔다.

"…미칠 노릇이구만."

코트까지 걸친 윤태수는 이서윤에게 말했다.

"나중에 연락하겠습니다."

"네, 조심히 들어가세요."

*　　　　　*　　　　　*

윤태수를 데리러 이서윤의 집에 온 고준영은 자신의 눈을 의심했다.

어두운 밤 윤태수의 등 뒤로 도깨비불과도 같은 무언가가 따라오고 있었기 때문이다.

"형님! 뒤에! 등에!"

그 순간 윤태수의 미간이 팍 구겨졌다.

10m가 넘는 거리를 단박에 도약한 윤태수가 고준영의 앞에 섰다.

그러자 고준영의 입이 떡 벌어졌다.

마치 잔상이 남듯 윤태수가 움직인 길 뒤로 빛의 흔적이 남았기 때문이다.

"맙소사… 형님, 겁나 멋있습니다."

"…닥쳐라."

윤태수는 인상을 구긴 채로 조수석에 탔고, 고준영은 빛의 흔적이 사라질 때까지 바라본 뒤 운전석으로 타며 물었다.

"형님, 문신, 아니, 마법진 새기신 겁니까?"

말을 하는 사이에도 계속해서 윤태수의 등을 보았다. 윤태수는 코트를 입고 있었음에도 등이 환히 빛나고 있었다.

"…닥치라 했다."

고준영은 분위기를 파악하지 못하고 말을 이었다.

"겁나 멋집니다, 형님! 진짜… 무슨 슈퍼 히어로 같습니다. 달려오시는 거 보니까 밀리 계열 능력치도 좀 올라간 거 같은데 워… 형님, 이러다 진짜 히어로 되는 거 아닙니까? 예를 들면… 라이트맨?"

결국 참지 못한 윤태수가 고준영의 뒤통수를 냅다 후려쳤다.

"컥!"

윤태수는 아직 자신의 힘에 익숙해지지 않은 상태였고, 엄청난 힘으로 뒤통수를 얻어맞은 고준영은 뇌가 흔들리는 것을 느끼며 고개를 흔들었다.

"닥치랬지?"

그제야 윤태수의 표정을 본 고준영은 꼬리를 말고서 핸들을 쥐었다.

"아, 혁돈 형님 왔다 가셨습니다. 차원문 들어간다고 하시던데 말입니다."

"알았다. 바벨토의 목걸이는 잘 쓰고 있냐?"

"예, 생각날 때마다 쓰고 있습니다."

굳은 표정을 하고 있던 윤태수는 고통받고 있을 최태성을 생각하며 얼굴을 풀었다.

"그래, 더 자주 써라."

"예, 그런데 피가 다 떨어지면 어떻게 합니까?"

"혁돈 형님이 알아서 구해 오시겠지."

"그럼 안 그래도 짝귀인 놈 귀 하나 더 잘라 오는 겁니까?"

"볼만하겠네."

두 사람은 큭큭거리며 웃음을 터뜨렸다.

고준영은 운전을 하는 도중에도 윤태수의 등을 힐끔힐끔 보았다. 어서 마법진을 새기고 싶다는 듯이.

*　　　　　*　　　　　*

어느새 협곡 아래로 어두운 그림자가 내렸다.

아이가투스의 차원문에 들어선지 하루 하고 반나절이 지났고, 신혁돈 일행은 협곡을 이 잡듯 뒤지며 괴물을 사냥하고 있었다.

"떠올라라!"

백종화가 언령을 사용한 순간 신혁돈이 은신을 하고 있던 아르마딜로 리자드를 찾아내 숨통을 끊었다.

"…도저히 모르겠네."

거의 백 마리에 가까운 괴물을 사냥하는 동안 백종화는 단한 번도 눈을 떼지 않았다. 하지만 신혁돈이 괴물을 찾아내는 방법에 대해서는 도무지 알 수 없었다.

"어떻게 하는 겁니까?"

"감이라니까?"

백종화는 한숨을 쉬었다.

"그… 감이라는 것도 뭔가 있지 않습니까? 뭐가 움직인다거나 보인다거나 그런 거."

답답함을 토로하는 백종화를 보며 안지혜가 말했다.

"직관력이 아닐까요? 우리가 보지 못하는 게 아니라, 지금까지 쌓아온 경험으로 판단하는 그런 거요."

백종화는 맞냐는 의문을 담은 눈길을 신혁돈에게 던졌고 신혁돈은 어깨를 으쓱했다.

"하……."

백종화가 곰곰히 생각하는 사이, 괴물의 시체에서 에르그 기관을 꺼내고 에르그 코어를 흡수한 신혁돈이 길을 가리키며 말했다.

"다음."

백종화는 신경질적으로 앞으로 나섰다.

"떠올라라!"

신경질적이라 힘이 더욱 들어간 탓인지, 아니면 지반이 약했던 것인지, 협곡의 벽이 우르르 무너져 내렸다.

먼지구름이 피어나고 백종화와 안지혜가 뒤로 물러섰다. 그에 반해 신혁돈은 한 걸음 앞으로 나서며 만약의 사태에 대비했다.

그 순간 무언가가 먼지구름을 뚫고 벽에서 튀어나왔다.

휘익!

그러고는 어디론가 사라졌다.

분명 무언가가 먼지구름을 뚫고 나왔는데 모습이 보이지 않았다. 백종화가 자신의 눈을 의심하며 말했다.

"뭐야?"

백종화의 말이 끝나기도 전에 몬스터 폼을 발동시킨 신혁돈이 무언가를 발견한 듯 달려 나갔고, 아무것도 없는 벽을 후려쳤다.

쾅!

후드득!

"자! 자깐!"

아르마딜로 리자드의 암석과도 같은 피부에 둘러싸인 신혁돈의 팔이 협곡의 벽에 틀어박힌 순간, 어눌한 발음의 한국어가 튀어나왔다.

그리고 오색찬란한 피부를 가진 괴물이 허공을 가르고 나타났다.

"…맙소사."

마치 도마뱀과 인간을 합쳐놓은 듯한 기괴한 모양새였다.

더욱 기괴한 것은 괴물의 길쭉한 입에서 흘러나오는 한국어였다.

"멈춰주어요."

"…허?"

해괴한 광경에 신혁돈마저 공격을 멈추었다.

그러자 괴물은 재빨리 움직여 신혁돈에게서 떨어진 뒤 말을 이었다.

"위험, 안 해요. 리토넬. 아주 약해요."

괴물은 계속해서 어눌한 한국어를 내뱉으며 배를 바닥에 붙였다. 그러고는 불쌍한 듯 고개를 갸웃거렸다.

"리토넬?"

"리토넬! 내 이름!"

자신의 이름을 리토넬이라 밝힌 괴물은 정신이 없을 정도로 고개를 끄덕였다. 신혁돈은 미간을 찌푸리며 말했다.

"너… 뭐냐?"

"차원지기! 리토넬!"

"오… 맙소사. 종화 씨, 제가 꿈을 꾸는 건 아니죠? 지금 제 눈앞에서 무지개색으로 빛나는 도마뱀이 말을 하고 있어요."

"나도 같은 건 보고 있어. 집단 최면인가?"

한 편의 콩트를 찍고 있는 부부를 무시한 채 신혁돈은 리토넬에게로 다가갔다. 리토넬은 흠칫 몸을 떨면서도 신혁돈이 다가오는 것을 피하지 않았다.

"살려요. 죽으면 되지 않아요."

어눌하지만 분명한 한국어였다.

신혁돈은 얼굴을 굳힌 채 리토넬과 눈을 맞추었다.

파충류 특유의 번들거리는 눈이 아닌 포유류의 동공이 신혁돈의 모습을 비추었다.

"말을 해?"

"잘해요! 네! 해요."

말하는 것만 보면 귀여울 법도 했다.

하지만 뱀이 말을 하는 듯 낮은 톤과 숨을 쉴 때마다 나오는 쉭쉭거리는 소리가 섞인 한국어는 몸에 소름이 돋게 하기 충분했다.

신혁돈은 거의 모든 종류의 괴물을 알고 있다고 자부했다.

그만큼 많은 차원문을 봉인했고, 많은 경계를 넘었다.

하지만 인간의 말을 할 줄 아는 괴물은 처음이었다.

지능이 있는 괴물들은 자신들의 언어를 사용했지 절대 인간의 말을 사용하지 않는다.

그것은 괴물들의 자존심과도 같은 것이었다.

하지만 예외는 있다.

예외의 것을 생각하던 신혁돈이 리토넬의 눈을 바라보며 물었다.

"왜 살려주어야 하지?"

"리토넬! 잡혔어요. 걔한테. 그래서 살기 위해 움직이다 보니 능력 얻었어요."

"능력?"

리토넬은 고개를 위아래로 마구 휘저었다. 아마 격한 긍정을 표현하는 듯했다. 리토넬은 땅에 배를 댄 채로 천천히 뒤로 물러났다.

그러자 반짝이던 피부가 점점 빛을 잃었다. 그와 동시에 꼬리가 줄어들고 몸에 비해 짧던 팔다리가 늘어났다.

도마뱀의 그것과도 같던 피부는 비늘 사이로 살이 차올랐고 이내 인간의 피부색을 띠었다.

"…미친."

리토넬은 곧 신혁돈과 똑같은 복장을 한 채 바닥에 배를 대고 있었다. 심지어 오른손만 아르마딜로 리자드의 피부를 하고 있는 것까지도 똑같았다.

변신을 마친 리토넬이 신혁돈의 얼굴을 한 채 환히 웃으며 외쳤다.

"능력!"

목소리 또한 신혁돈과 같았다.

경악을 금치 못하고 있는 두 사람과 달리 신혁돈은 덤덤한 얼굴로 말했다.

"저 여자로 변해봐."

"변? 아, 저렇게? 무슨 마들어요?"

리토넬은 엎드린 채로 괴물로 변해 있는 오른손으로 안지혜를 가리켰다. 안지혜는 사색이 되어 백종화의 뒤로 숨었고, 신혁돈은 고개를 끄덕였다.

그러자 리토넬은 다시 한 번 고개를 끄덕인 뒤 말했다.

"해요."

그리고 변신.

10초도 되지 않는 시간 동안 리토넬의 몸은 끊임없이 변했고, 곧 안지혜의 모습을 한 채 말했다.

"끝."

리토넬이 변신을 마치자 신혁돈이 말했다.

"셰이프 시프터(Shape shifter)."

"예?"

"자기 마음대로 외형을 바꾸는 괴물들을 일컫는 말이다."

"그런 괴물이 있습… 아니, 있군요."

백종화는 있느냐 물으려다 자신의 눈앞에 있는 두 명의 안지혜를 보고 말을 정정했다.

"근데 형님은 셰이프 시프터를 어떻게 아시는 겁니까?"

신혁돈은 백종화의 말에 대답하지 않은 채 팔짱을 꼈다.

리토넬이 변신하는 모습을 지켜본 신혁돈의 머릿속이 복잡해졌다.

셰이프 시프터는 본연의 육체가 없기에 무엇이든 주변에 있는 것들을 죽여 없앤 뒤 자신이 죽인 것의 모습을 하고 살아간다.

육체와 기억 모두를 흡수한 뒤 그것의 삶을 훔쳐 살아가는 것이다.

셰이프 시프터는 '육체'를 가진 모든 것을 증오하며 그들이 살아온 삶을 망치기 위해 노력한다. 차원문 내에서 등장하는 셰이프 시프터들은 더욱 악랄하다.

공격대를 전멸시키기 위해 일부러 실수를 하고 웃는 얼굴로 동료의 등을 공격한다. 그러다 늙거나 죽을 위기에 처하면 또 다른 것의 육체를 취한다.

그것이 동물이든, 괴물이든, 나무든, 인간이든 상관하지 않고.

'이놈은 무언가 다르다.'

인간과 도마뱀의 몸을 섞어놓은 듯한 육체를 가지고 있었다.

'그냥 형상 변환 이능을 가진 괴물인 건가?'

안지혜의 모습을 한 리토넬은 어색한 미소를 지으며 신혁돈을 올려다보고 있었다.

만약 신혁돈이 셰이프 시프터의 능력을 얻는다면?

답은 바로 나왔다.

'쓸데없어.'

백종화나 윤태수에게 어울리는 능력이지, 자신의 몸을 변형시켜 싸우는 신혁돈에게는 어울리는 능력이 아니었다.

그렇다고 그를 제외한 사람 중 셰이프 시프터의 능력을 흡수할 수 있는 사람은 없었다.

신혁돈은 천천히 고개를 끄덕였다.

어디에도 쓸모가 없다면 죽어서 차원지기의 코어와 아이가투스의 눈속임 망토의 성장 재료로 사용하면 되는 것이었다.

마음을 먹은 신혁돈이 살의를 띤 순간.

"살려주세요!"

안지혜의 모습을 한 리토넬이 소리쳤다.

그와 동시에 땅이 솟아오르며 리토넬의 몸을 감쌌다.

"능력까지 복사한다?"

"네, 할 수 있어요."

안지혜의 모습을 한 리토넬은 어눌했던 발음 대신 유창한 한국어로 말했다. 신혁돈은 흥미로운 눈으로 리토넬을 바라보긴 했지만 그게 끝이었다.

흥미가 사라진 신혁돈이 다시 한 번 손을 든 순간.

"다 말씀드릴게요. 리토넬, 차원지기, 여기, 경계 뭐든……."

신혁돈이 의지를 굳히고 몰맨의 손톱이 튀어나온 주먹을 뻗어 리토넬의 목을 꿰뚫기 직전. 리토넬이 소리쳤다.

"아이가투스!"

"뭐?"

"저, 많이 알고 있어요. 아이가투스에 대해서."

그제야 신혁돈의 주먹이 뒤로 물러났다.

"내가 널 살려줄 만한 정보인가?"

리토넬은 눈을 내리깔고 검지로 아랫입술을 긁적이며 대답했다.

"…그럴걸요?"

그 모습을 보고 있던 백종화는 입을 떡 벌렸다.

안지혜는 거짓말을 못한다. 그런 그녀가 거짓말을 할 때면 하는 습관이 있다.

눈을 내리깔고 검지로 아랫입술을 긁적이는 습관이.

"형님, 잠시만… 잠시만 제가 말해 봐도 되겠습니까?"

신혁돈은 백종화를 바라보았다.

백종화의 눈은 언령을 처음 발휘했을 때처럼 반짝거리고 있었다.

마치 윤태수가 작전을 짤 때와 비슷한 눈빛.

"그래."

신혁돈이 일어서자 백종화가 리토넬에게 다가가 손을 잡았다. 아직까지 배를 바닥에 대고 엎드려있던 리토넬은 백종화의 손에 끌려 일어났다.

"자, 리토넬."

"네."

"나로 변신해 봐."

백종화의 말에 눈을 깜빡이던 리토넬은 고개를 한 번 끄덕이고서는 변신을 시작했다.

*　　　　　*　　　　　*

인천의 윤태수 사무실.

"예, 지금 말입니까?"

윤태수가 전화를 받으며 사무실을 나섰다.

그러자 가만히 앉아 있던 한연수가 피곤한 듯 눈을 문지르며 말했다.

"이건 정말 솔직한 생각인데, 사무실에 있는 모든 전구를 빼도 될 거 같지 않냐?"

한연수의 말에 고준영이 박장대소를 터뜨렸고, 민강태 또한 피식 웃음을 터뜨렸다. 그러자 한연수가 말을 이었다.

"솔직히 태수 형님이 뭘 입던 다 보이잖아. 안 보이는 척하는 거뿐이지. 어젯밤에 봤냐?"

어젯밤.

윤태수는 마법진이 빛나는 게 거슬렸는지 어디선가 구해온 가죽 갑옷에 검은 망토를 걸쳤다.

하지만 마법진이 내뿜는 빛은 가려지지 않았고, 윤태수의 심장이 뛸 때마다 박동하듯 빛을 발했다.

"난 태수 형님 바로 앞자리지 않냐. 눈이 부셔서 모니터를 볼 수가 없어."

"푸하하하!"

한바탕 웃은 고준영은 찔끔 흘린 눈물을 닦으며 말했다.

"아, 그래도 부럽지 않습니까? 빛나는 마법진 좀 멋있는 것 같습니다."

민강태는 동의한다는 듯 고개를 끄덕였고, 한연수는 기함을 했다.

"저게 어떻게 봐서 멋있냐? 반딧불이 같지 않아?"

끼이익.

문이 열리는 소리가 들렸고 모두가 입을 다물며 모니터로 시선을 돌렸다.

윤태수가 사무실에 들어서자마자 사무실이 한층 밝아졌다. 방금 말한 대화 내용이 떠오른 고준영은 피식피식 웃음을 흘렸다.

"왜 쪼개?"

"아닙… 니다."

"너 또 일 안하고 뻘짓했지?"

"아닙니다."

"아니긴 뭐가 아니야."

윤태수는 볼펜을 집어던졌다. 고준영은 피한다고 몸을 움직였지만 마치 볼펜이 휘듯 날아와 고준영의 머리를 때렸다.

팍!

"악!"

볼펜이 고준영의 머리에 맞은 순간 볼펜의 플라스틱 몸체가 박살이 나며 사방으로 튀었고, 고준영은 의자째로 뒤로 넘어갔다.

윤태수가 힘을 얻은 지 얼마 되지 않았기에 제대로 다루질 못했고, 볼펜을 던지는 데 과한 힘이 들어간 것이었다.

고통에 몸부림치고 있는 고준영을 제외한 두 떨거지는 입을 떡 벌렸다.

"무슨… 무슨 던지기 스킬이라도 생기셨습니까, 형님?"

"이게 다 마법진의 효과다."

윤태수는 헛웃음을 흘리며 다른 볼펜을 쥐었다. 그러고는 검지와 엄지로 볼펜을 누르자 둘로 쪼개졌다.

고준영은 아픈 것도 잊은 채 윤태수의 기행을 바라보았다.

"부럽지? 그러게 누가 도망가래?"

그들은 빛나는 마법진과 윤태수의 손에서 수수깡처럼 부러져 나가는 볼펜들을 번갈아 보며 생각에 잠겼다.

한연수와 민강태가 고민하는 사이 고준영이 벌떡 일어서며 말했다.

"형님! 저도 형님과 같은 라이트맨이 되고 싶습니다!"

윤태수는 들고 있던 볼펜 조각을 집어 던지며 소리쳤다.

"한 번만 더 그딴 이름으로 부르면 죽는다."

날카로운 볼펜 조각이 고준영을 아슬아슬하게 스쳐지나 뒤쪽 벽에 부딪혀 깨졌다.

"…넵."

윤태수는 머리를 한 번 쓸어 넘기고선 말했다.

"시킨 건 어떻게 됐어?"

"어떤 거… 말씀이십니까?"

"최태성 오른팔, 전용재. 요즘 뭐하냐고."

"아, 예, 최태성이 요즘 집에만 박혀 있다 보니 전용재도 집에만 박혀 있습니다. 요 며칠 지켜봤는데 집밖으로 나오질 않던데요?"

"최태성도?"

"예."

"흠… 마이더스 측에서 다른 움직임은 없고?"

"최태성 귀 잘리고 얘가 반쯤 미쳐가니까 마이더스에서도 슬슬 놓을까 고민하는 모양입니다."

윤태수는 반만 남은 볼펜 대가리를 쥐고서 테이블을 톡톡 두들겼다.

"그럼 전용재가 최태성한테 충성할 이유가 전혀 없네."

"아직은 모르지 말입니다. 전용재 자산이 200억 정도 되는데, 그중 최태성과 관련된 게 90%가 넘습니다."

"흐음… 결국 돈이다?"

"그 양반 집안이 문제가 많습니다. 문제라고 해봤자 결국 돈으로 귀결되긴 합니다만."

"내가 한 200억 주면 전용재가 내 말 잘 들으려나?"

윤태수의 말에 고준영이 눈을 똥그랗게 뜨며 말했다.

"언제 그렇게 꿍쳐 두셨습니까?"

"이 새끼, 형님한테 꿍쳐가 뭐냐? 꿍쳐가."

들고 있던 볼펜을 고준영에게 던진 윤태수는 자리에서 일어서며 말했다.

"전용재 재산 싹 다 파악해서 리스트 뽑아오고, 최태성 재산도 싹 파악해 봐. 일단 둘 사이에 기스부터 좀 내보자."

"예, 형님."

윤태수는 자리에서 일어나 창문 밖을 바라보며 기지개를 폈다.

"자, 시작해 볼까."

그사이, 뒤에 있던 세 떨거지는 윤태수의 옷을 뚫고 쏟아지는 마법진의 빛에 부신 눈을 깜빡였다.

*   *   *

관리국 옥상에 선 이남정이 담배 연기를 길게 뿜었다.

"…미치겠네."

그의 옆에서 같이 담배를 피우고 있던 후임은 들은 채도 하지 않고 커피를 홀짝였다.

"야, 인마, 사람 얼굴에 시름이 한가득인데 무슨 일인지 물어보는 게 인간된 도리 아니냐?"

"요즘같이 각박한 사회에 너무 많은 걸 바라시는 거 아닙니까?"

"입만 살아가지고는… 됐고, 너, 더 가드 담당이지?"

"전화 오면 위로 돌려주고, 위에서 짖으면 더 가드에 전해주는 게 교환대지 무슨 담당입니까?"

"별일 없냐?"

"알고 물어보시는 겁니까?"

"얼추."

"난리죠. 마이더스는 작전 엎고 잠수 중인데다 최태성은 무너졌으니 이번 기회에 마이더스를 무너뜨리려고 아주 발악중입니다."

"그건 나도 알고."

후임은 슬쩍 주변을 살핀 뒤 입을 열었다.

"그럼 뭐가 궁금하신 겁니까?"

"신혁돈."

"…그 테이머 말입니까? 그 이름이 여기서 왜 나옵니까?"

이남정은 후임의 눈을 바라보았다. 거짓말을 하는 눈치는 아니었다.

"전용재는?"

"마이더스 전용재 말입니까? 걔랑 더 가드랑 무슨 관련이 있습니까?"

"진짜 아무 일 없어?"

"또 호기심 자극하시네. 전 모릅니다만 팀장님이 뭔가를 알고 있는 것 같은데요."

이남정은 고개를 휘휘 저었다.

"내가 알면 이러고 있겠냐. 진짜 아무것도 모르겠으니까 그러지."

신혁돈의 사무실에서 보았던 전용재.

고정훈을 찾았다는 말.

그 뒤로 고정훈은 실종되었다.

그다음 신혁돈과 더 가드의 스카우터인 간수호가 만났고, 최태성이 무너졌다.

그리고 간수호는 더 가드 정보부 1팀의 팀장으로 승진했다.

이남정의 감이 신혁돈에게 무언가가 있다고 말하고 있었으나 명백한 증거가 없다.

게다가 무슨 일을 꾸미는지 전면으로 나서는 일 또한 절대 없었다.

"…돌아버리겠네."

만약 자신이 신혁돈이었다면 마이더스, 혹은 더 가드에 들어가서 떵떵거리며 살 것이었다.

한데 그는 그러지 않았다.

아니, 아무것도 하고 있기 않다.

최근 정보에 의하면 레드 홀 F등급의 차원문만 다니고 있다한다.

"흥미로운 냄새가 나는데요."

"시인이세요? 흥미로운 냄새는 뭐야."

후임은 게슴츠레한 눈으로 이남정을 바라보았지만 이남정은 손을 휘휘 저었다.

"요즘 사회가 또 지연 사회 아니겠습니까, 사수, 부사수로 있던 것도 인연인데 슬쩍 말씀해 주시죠."

"더 가드의 간수호. 걔가 어떻게 그 자리 올라갔나 알아봐. 그럼 알려주마."

"무슨 큰 정보를 물어왔으니 갔겠죠."

"그러니까 그 큰 정보가 뭔지 알아보라고."

"흠… 괜히 궁금해지네. 나중에 딴말하기 없습니다."

"그래."

"그럼 고생하십쇼."

후임이 먼저 옥상에서 내려가자 이남정은 담배를 튕겨 끄며 중얼거렸다.

"차원문 앞에서 기다려 볼까……."

*　　　　　*　　　　　*

윤태수는 이서윤의 집에서 연구를 빙자한 인체 실험을 하고 있었다.

이서윤의 집 지하실.

무슨 용도로 만들어졌는지 짐작도 할 수 없을 만큼 넓은 공간에 잡동사니가 어지럽게 널려 있었다.

이서윤이 윤태수에게 붉은 구슬 하나를 건네며 말했다.

"아차람의 구슬. 하급 화염을 피울 수 있는 아이템이죠."

"그런데요?"

"증폭과 동시에 아이템 효과를 발동시켜 보세요."

하급 화염이라면 휴대용 토치만 한 화력을 내는 정도의 스킬이다. 게다가 아이템의 힘으로 사용한다면 더 약해지는 것이 정설.

하지만 증폭의 힘을 한 번 겪어본 이서윤은 윤태수에게서 멀찍이 떨어졌다.

"여기서 쏴도 됩니까?"

"이왕이면 바닥으로요."

윤태수는 고개를 끄덕인 뒤 구슬을 든 손을 바닥으로 향했다. 그러고는 증폭을 발동시키자 몸속의 에르그 에너지들이 활발히 움직이는 것이 느껴졌다.

"태수 씨?"

눈을 감은 채 신기한 느낌을 만끽하던 윤태수는 이서윤의 부름에 정신을 차리고 아이템 스킬을 발동시켰다.

윤태수의 등에 새겨진 마법진이 환한 빛을 발한 순간.

쩡!

펑!

하르륵!

쾅!

"…맙소사, 태수 씨!"

스킬을 발동시킨 순간 윤태수의 손에 있던 구슬이 폭발했고, 그와 동시에 윤태수의 손에서 불기둥이 뿜어졌다.

불기둥이 바닥을 터뜨리며 불꽃이 사방으로 번졌고, 그 반동으로 인해 윤태수가 천장에 날아가 부딪혔다.

"끄어……."

천장에 부딪힌 뒤 바닥으로 떨어진 윤태수는 신음을 흘리며 복부를 감쌌다.

"괜찮아요?"

윤태수는 대답 없이 거친 숨을 몰아쉬었다. 한동안 신음을 흘리던 윤태수는 몇 분이 지나고 나서야 자리에 앉으며 말했다.

"…뭐가 어떻게 된 겁니까?"

"증폭의 효과가 생각보다 엄청나요."

"그건 전문가가 아닌 저라도 말할 수 있겠는데요."

윤태수는 말을 하며 천장을 올려보았다. 쩍쩍 금이 가 있는 것이 얼마나 세게 날아갔는지를 말해주고 있었다.

"음… 방금 제가 본 불기둥은 상급 화염 정도의 파괴력이었어요. 산술적 수치로 나타내자면 120배가 넘는 화력이죠."

휴대용 토치의 120배.

상상이 가질 않았다.

윤태수가 멍한 눈을 하고 있자 이서윤이 투덜거렸다.

"전문적으로 말해주면 알아듣지도 못하면서."

"그럼 좀 쉽게 말해 보시죠."

"원래 기대한 화력은 휴대용 토치였는데, 방금 태수 씨는 네이팜탄만큼의 화력을 뿜었어요."

"훨씬 쉽고 좋네."

일반인이라면 등과 갈비뼈, 두개골이 박살 났을 법한 상황이었지만 윤태수는 금방 털고 일어섰다.

하지만 증폭의 후유증인지 온몸에서 탈력감이 느껴졌다.

윤태수는 한숨을 내쉬며 탁자에 걸터앉았다.

"그러니까 이 증폭이라는 효과가 어디에도 적용이 된다. 이 말 아닙니까?"

"맞죠. 더하자면 아주 강하게."

"좋네."

"제대로 다룰 수만 있으면요. 제대로 다룰 수 없는 큰 힘은 양날의 검이나 다름없어요."

윤태수가 고개를 끄덕였다.

"맞는 말이네. 그럼 어떻게 하면 됩니까?"

이서윤은 당연하다는 듯 대답했다.

"태수 씨가 노력해야죠."

"…그거 어디서 들어본 거 같은데."

이서윤은 아무것도 모른다는 듯 고개를 모로 꺾었다.

*　　　　　*　　　　　*

백종화와 백종화가 마주보았다.

"이름."

"백종화."

"키."

"179."

"몸무게."

"65."

질문을 하던 백종화가 입술을 씹었다.

"어떻게 알지?"

리토넬이 대답을 망설이는 사이 신혁돈이 답했다.

"셰이프 시프터들은 대상의 기억을 읽을 수 있다."

"끔찍한 괴물이네요."

신혁돈의 말에 안지혜가 미간을 구겼다. 리토넬은 멸시에 가까운 시선을 받았지만 아무런 표정 변화 없이 백종화를 바라보고 있었다.

그때 신혁돈이 말했다.

"아이가투스에 대해 말해봐."

"아이가투스는 감각의 마왕입니다. 인간이 가지고 있는 오감, 그리고 에르그 에너지를 느끼는 감각, 그리고 인간이 느낄 수 없는 감각까지 모두 다루죠."

"감각을 다룬다라… 무슨 뜻이지?"

"눈속임을 생각하시면 됩니다. 다른 이들의 감각을 극대화시키거나 혹은 없애버리는 능력이라 생각하시면 편합니다."

리토넬은 백종화와 외관만 똑같아진 것이 아니라 말투나 성격까지도 동화되어 있었다.

"파훼 방법은?"

"상태 이상을 제거하는 스킬들이 있습니다."

리토넬의 설명을 들은 백종화가 중얼거렸다.

"디스펠……."

마법을 취소시키는 마법으로서 저번 삶, 백종화가 메이지 잡는 메이지로 이름을 날리게 된 마법이었다.

문제는 11개의 차원을 가지고 있는 마왕의 스킬까지 디스펠을 시킬 수 있느냐.

백종화는 고개를 저었다. 기색을 읽은 신혁돈이 말했다.

"한참 멀었으니 걱정하지 마라."

"마왕 말입니까?"

"그래."

아이가투스뿐만 아니라 모든 마왕의 차원은 한 단계가 올라갈수록 기하급수적으로 난이도가 올라간다.

네 번째까지는 신혁돈의 힘으로 무리 없이 클리어할 수 있을 것이라 생각했기에 주먹구구식으로 진행한 것이었지만 다섯 번째부터는 만전을 기해야할 것이었다.

물론 난이도만큼 보상의 질도 좋아진다.

차원지기의 코어는 물론이거니와 일반 차원문에서는 구할 수 없는 무구들이 등장한다.

머리를 휘휘 저어 잡념을 털어버린 백종화는 리토넬을 턱짓으로 가리키며 말했다.

"쓸모 있지 않겠습니까?"

"전혀."

"예를 들어… 최태성으로 변신시킨 뒤 나쁜 짓을 한다거나. 아니면 형님 대행으로 써도 되지 말입니다."

신혁돈은 생각할 것도 없다는 듯 말했다.

"뭐 하러?"

"…예?"

"우리 목적이 뭔데?"

"그야… 차원문을 없애는 겁니다."

"거기 저게 필요한가?"

"아뇨."

"그럼 왜?"

"형님 일에 도움이 될지도 모르지 않습니까."

"필요 없어."

백종화는 신혁돈의 단호한 태도를 이해하지 못했다.

그도 그럴 것이 백종화의 눈에 리토넬은 금덩어리로 보였다.

저것만 손에 쥘 수 있다면 아무리 큰 길드라도 단번에 무너뜨릴 수 있다. 그 어떤 사람이라도 추락시킬 수 있는 만능 치트 키를 갖게 되는 것이다.

"그래서 네 옆에 두고 싶다?"

"예."

신혁돈이 팔짱을 끼며 말했다.

"만약에 말이다, 저게 네 마누라를 죽인 뒤 시체를 삼켜 없애고 네 마누라 행세를 하면 어쩔래?"

"그게 무슨……!"

"반대의 경우도 가능하겠군. 너를 죽이고 네 행세를 한다거나,

나도 가능하겠지. 나뿐만 아니라 누구도 가능하다."

백종화는 리토넬의 눈을 바라보았다. 리토넬의 눈에 불안이
서려 있었다.

소름이 돋도록 인간과 똑같다.

신혁돈이 말한 일이 실제로 일어났을 때, 나는 구분해낼 수 있
을까?

들떠있던 백종화의 눈이 차갑게 가라앉았다.

"나는 변수를 싫어해."

백종화의 눈이 신혁돈에게로 향했다. 신혁돈은 어느새 괴물의
모습을 하고 있었다.

"그리고 가장 큰 변수는 사람에게 당하는 배신이거든."

괴물의 모습을 한 신혁돈은 한 걸음씩 리토넬을 향해 걸어갔
다. 리토넬은 뒷걸음질을 쳤지만 이내 벽에 등을 부딪쳤다.

"그래서 난 배신이 싫다."

리토넬이 말했다.

"…오, 어리석은 인간들."

"뭐?"

백종화가 어이없다는 듯 헛웃음을 흘리며 되물었다.

"정말 어리석군. 너무 어리석어. 왜 굳이 나를 죽이려 하는 거
지? 나는 너희에게 도움이 될 수 있어. 아니, 큰 도움이 될 게 분
명하지! 언젠가는 너희 셋 중, 혹은 너희와 가까운 누군가를 죽
이고 싶은 욕망을 이기지 못할지도 모르지만, 그건 미래의 일이
야. 그러니 나를 이용하라고. 너희 인간들의 욕망을 위해서!"

신혁돈은 더 듣기 싫다는 듯 몰맨의 손톱을 휘둘렀고, 손톱이 리토넬을 꿰뚫은 순간, 리토넬이 오색찬란한 빛을 뿜으며 모습을 감췄다.

　"맞지 않았다."

　손에 걸리는 느낌이 없었다. 신혁돈은 빠르게 주변을 살폈고, 이내 공기의 흐름이 급격히 움직이는 것을 느낄 수 있었다.

　"온다."

　신혁돈의 말이 끝나기 무섭게 아무것도 없는 허공이 찢어지며 거대한 도마뱀이 튀어나왔다.

　"카아!"

　어느새 거대한 도마뱀의 모습으로 변한 리토넬은 제일 멀리 있던 안지혜를 노리며 쏘아졌다.

　"멈춰라!"

　백종화가 언령으로 멈출 수 있는 시간은 1초 남짓. 찰나와도 같은 순간이었지만 당하는 입장에서는 영겁과도 같은 시간이었다.

　"눈속임."

　1초가 지나기 직전.

　신혁돈은 대상의 시각을 마비시키는 눈속임을 발동시켰다.

　"카아아!"

　순간 시각을 잃은 리토넬은 훌쩍 뛰어오르며 다시 한 번 피부를 빛냈다.

　리토넬이 사라지며 허공으로 녹아들기 직전.

　"까악!"

허공을 배회하던 도시락이 뛰어오른 리토넬의 머리를 낚아챘다. 그리고 리토넬이 반응할 새도 없이 양발을 이용해 두 조각으로 찢어버렸다. 도시락은 오랜만의 사냥한 파충류가 마음에 들었는지 하늘을 날며 두 조각 모두 자신의 입에 넣고 삼켜버렸다.

　도시락은 입을 우적거리며 땅으로 내려왔고 칭찬을 해달라는 듯 가슴을 앞으로 내밀었다.

　"…저렇게 되면 차원지기의 코어도 날아갑니까?"

　"배를 가르지 않는 이상은."

　"오……."

　[아이가투스의 네 번째 차원을 클리어하셨습니다.]

　[보상이 주어집니다.]

　[아이가투스의 눈속임 망토가 성장했습니다.]

　리토넬이 죽자 차원 클리어 메시지가 떠올랐다.

　"그러고 보니 리토넬을 '찾는 것'이 목표 아니었습니까? 찾는 대상이 죽어도 클리어로 인정해 주나 봅니다."

　신혁돈은 대충 고개를 끄덕인 뒤 보상을 살피려 메시지 창을 살폈을 때.

　[테이밍된 육눈수리 '도시락'이 육눈수리로서 얻을 수 있는 에르그의 한계치를 돌파했습니다.]

　['진화'가 시작됩니다.]

"…진화?"

신혁돈은 도시락에게로 고개를 돌렸다. 도시락은 어느새 온몸에서 빛을 발하고 있었다.

*　　　　　*　　　　　*

개강 당일, 김민희는 꿈을 꾸었다.

새하얀 빛 덩이가 나타나서 가장 소중한 것이 무어냐 물었다.

김민희가 대답하자 그것을 위해 목숨을 버릴 수 있냐 물었다. 김민희는 1초도 고민하지 않고 고개를 끄덕였고, 알 수 없는 빛 덩이는 지킬 수 있는 힘을 주겠다 말한 뒤 사라졌다.

그 순간 김민희가 눈을 떴다.

[각성을 축하드립니다.]
[스킬 '무한한 생명력'을 얻었습니다.]

무한한 생명력 [Rank F, Unique, Passive]
　─'생명의 근원'을 다른 이에게 건넨 대가로 무한한 생명력을 얻었습니다.
　─어떠한 상처에도 죽지 않습니다.
　─모든 상처가 믿을 수 없는 속도로 회복됩니다.
　─랭크가 오를수록 재생의 속도가 빨라집니다.

─랭크가 오를수록 생명력의 양이 늘어납니다.

김민희는 멍하니 메시지를 바라보았다.

"꿈인가?"

메시지를 다 읽은 김민희는 이게 꿈인지 아닌지를 확인하기 위해 주방으로 달려가 과도를 꺼내들었다.

그러고는 자신의 손가락 끝을 살짝 베어보았다.

얇은 혈선이 생김과 동시에 피가 흘러나왔다.

김민희가 한숨을 흘린 순간 핏방울이 중력을 무시하며 상처로 흘러 들어갔고, 상처가 아물었다.

"…맙소사."

그 순간 김민희의 머릿속에는 어머니도 아닌, 신혁돈의 얼굴과 그의 목소리가 떠올랐다.

"뭐, 어쨌거나 넌 3월 2일에 각성한다. 그럼 넌 대학을 나와 육상 선수로 성공하는 길과 각성자로서 돈을 버는 길, 어느 쪽이 어머니에게 도움이 될지를 고민하다 나한테 연락하게 될 거고."

"말도 안 돼."

김민희는 과도로 자신의 손바닥을 그었다. 손바닥에 피가 맺히고 아릿한 고통이 느껴졌다. 그리고 몇 초가 지나지 않아 상처가 아무는 것이 보였다.

꿈이라기에는 너무나 생생한 고통이었다.

"현실이야?"

김민희는 다시 자신의 방으로 달려가 가방을 뒤집어 들고 탈 탈 털었다. 한 장만 쓴 수첩을 버리긴 아까워 가방에 넣어두었던 기억이 났기 때문이었다.

잡다한 물건들 사이로 수첩이 보였다. 김민희는 아무도 없는 집에서 누가 수첩을 빼앗을 새라 재빨리 수첩을 들어 펼쳤다.

그러자 거친 필체로 쓰여 있는 번호가 보였다.

꿀꺽, 침을 삼킨 김민희는 신혁돈에게 전화를 걸었다.

*   *   *

도시락을 감싸고 있던 환한 빛이 가시며 더욱 거대해진 도시 락이 모습을 드러냈다.

그와 동시에 신혁돈에게 메시지창이 떠올랐다.

[육눈수리 '도시락'이 진화하였습니다.]

[차원지기 리토넬의 능력을 흡수하였습니다.]

[아직 개화되지 않은 스킬이 존재합니다.]

개화되지 않은 스킬이란 리토넬의 능력일 가능성이 농후했다. 도시락이 강해지긴 했으나 에르그 에너지의 총량으로만 보자면 리토넬이 월등히 많았다. 리토넬을 통째로 씹어 삼키긴 했으나 리토넬이 가진 모든 에르그 에너지를 흡수하진 못했을 테니 조금 더 성장해야 리토넬의 능력을 사용할 수 있을 것이었다.

'기대되는군.'

만약 도시락이 인간의 모습과 괴물의 모습을 왔다 갔다 할 수 있다면 전력에 큰 도움이 될 것이었다.

생각을 마친 신혁돈은 도시락을 바라보았다.

얼굴에는 열 개의 붉은 눈이 번들거렸고 부리는 더욱 커져 어지간한 사람이라도 한입에 삼킬 수 있을 정도로 거대해졌다.

가장 큰 변화는 날개로 원래 달려 있던 날개는 더욱 거대해졌고, 그 밑으로 조그만 날개 한 쌍이 더 생겨났다. 두 쌍의 날개를 지탱하는 몸은 더욱 굳건해졌고 발톱 또한 날카로워졌다.

진화를 마친 육눈, 아니, 십눈수리 도시락은 거세게 포효했다.

"콰우우!"

팔짱을 낀 채 그 모습을 지켜보고 있던 백종화가 말했다.

"…거의 비행긴데."

진화 전 몸의 크기가 SUV만 했다면 이제는 어지간한 트럭만 했다. 날개까지 펴고 포효를 하자 마치 건물을 보는 듯 했다.

"…저 정도면 어지간한 보스 몬스터보다 강할 것 같아요."

도시락을 귀여워하며 아껴주던 안지혜조차도 살짝 겁먹은 얼굴로 말했다. 진화한 도시락은 에르그 에너지 또한 스스로 다룰 수 있게 되었는지 이능 계열 마법진을 발동시켜 자기 혼자 불을 뿜어대고 있었다. 하지만 신혁돈은 아무런 표정 변화 없이 도시락에게 다가가 배를 문질렀다. 그러자 도시락의 배에 있던 마법진이 발동하며 크기가 줄어들기 시작했다.

어느새 손바닥만 해진 도시락은 아쉽다는 듯 이리저리 날아다니며 삐약거렸고, 신혁돈은 도시락을 잡아다 어깨에 올린 뒤 말했다.

"나가지."

말을 마친 신혁돈이 차원석을 파괴하자 에르그 코어가 떠올랐고, 에르그 코어는 곧 가이아의 목소리로 변했다.

감각의 마왕. 아이가투스에게 도전하기 위해서는 11번의 시련을 이겨내야 한다.

그중 다섯 번째 시련은 이렇다.

죽은 자의 머리를 베어라.

메시지를 읽은 신혁돈의 미간이 찌푸려졌다.

다섯 번째 시련부터 어려워진다는 것은 저번 삶의 경험으로 인해 알고 있었다. 수많은 공격대가 다섯 번째 시련을 이겨내지 못하고 전멸하기 일쑤였고, 클리어에 성공한다 한들 여섯 번째 차원에서 무너졌다. 인류가 공략에 성공한 마왕의 차원은 일곱 번째 차원까지. 그 이후로는 전인미답의 차원이다.

'이 정도일 줄이야.'

이건 정보라고 부를 수도 없는 수준이다. 무엇이 어떻게 등장할지 예상은커녕 상상조차 힘들다.

신혁돈의 미간이 구겨지는 것을 본 백종화가 물었다.

"다음은 뭡니까?"

"죽은 자의 머리를 베어라."

백종화는 흐음하는 비음을 흘린 뒤 팔짱을 끼며 말했다.

"언데드인가?"

"가능성은 있군."

"너무 추상적인데요."

다음 시련에 대해서 말해준 것은 마왕 아이가투스가 아닌 '시스템'이다. 즉 신혁돈이 가진 능력으로 풀어낼 수 있는 메시지를 주었을 것이었다.

"돌아가면 태수한테 말해서 이 문장부터 해석해 봐."

"그러죠."

알아들을 수 없다면 알 수 있을 때까지 부딪히면 된다. 그러다 보면 분명 답이 나올 것이다.

지금까지 그래왔고, 앞으로도 그럴 것이었다.

*　　　　　*　　　　　*

아이가투스의 차원을 돌다 보니 포식과 포식자의 눈, 고통스러운 상처의 스킬 레벨이 전체적으로 올랐다.

포식은 C랭크를, 포식자의 눈과 고통스러운 상처는 D랭크를 달성했다. 포식은 적은 양의 고기로 더 많은 에르그 에너지를 흡수할 수 있게 되었고, 디버프들은 더욱 좋은 효과를 낼 수 있게 되었다.

아이가투스의 눈속임 망토는 얻은 뒤 3개의 차원을 클리어하며 4단계까지 성장했다. 그 덕에 눈속임의 지속 시간이 1.3초로 늘었고, 재사용 대기시간은 20시간으로 줄어들었다. 감각 또한 더욱 예리해져 어지간한 스킬을 쓴 것보다 날카로운 감각을 갖게 되었다.

그리고 도시락의 진화 덕분인지 테이밍 스킬의 랭크가 2단계 올라 B등급이 되었다.

신혁돈은 스킬을 확인하며 주차해 둔 차를 향해 걸었다. 그때, 작은 눈에 큰 코가 인상적인 얼굴이 신혁돈의 앞을 가로막았다.

"오랜만입니다! 잘 지내셨습니까?"

관리국 사건과 팀장 이남정이었다.

"무슨 일입니까?"

"별일은 아닙니다만… 궁금한 게 있어서 말입니다."

이남정은 말을 하면서 신혁돈의 어깨에 있는 도시락과 뒤에 서있는 백종화 그리고 안지혜를 빠르게 살폈다.

"법적인 겁니까?"

"예?"

"내가 대답해야 할 의무가 있는 질문이냔 말입니다."

"어… 그런 건 아닙니다만."

이남정의 말을 듣자마자 신혁돈은 그를 지나쳐 자신의 차에 올랐다. 이남정은 물러서지 않고 차까지 따라와 말을 붙였다.

"최태성, 고정훈, 전용재, 간수호."

네 사람의 이름이 언급된 순간 신혁돈이 미간이 굳었다. 그것을 놓치지 않은 이남정이 말을 이었다.

"익숙한 이름들이죠?"

"하고 싶은 말이 뭐지?"

"무슨 관계입니까?"

직구도 이런 직구가 없다. 어이가 없어진 신혁돈이 헛웃음을 흘렸다.

"요즘 관리국은 수사를 이따위로 합니까?"

"모두가 이러진 않죠."

"그거 다행이네."

말을 마친 신혁돈은 차문을 닫은 뒤, 차를 출발시켰다.

"쌍……."

홀로 남은 이남정은 담배를 꺼내 물었다.

감은 적중했다. 신혁돈의 표정으로 알 수 있었다. 하지만 무슨 관계인지 무슨 일을 꾸미고 있는지는 여전히 알 수 없었다.

담배 필터를 잘근잘근 씹던 이남정은 핸드폰을 꺼내들고 후임에게 전화를 걸었다.

*　　　　*　　　　*

"저 사람은 뭡니까?"

"관리국 거머리."

"심상치 않은 이름들이 나오던데요."

백종화의 말에 신혁돈이 미간을 구겼다. 그러자 백종화가 조심스레 말을 이었다.

"관리국이 캐치했다는 건 마이더스도 알게 된다는 말 아닙니까?"

"아직이다."

"관리국에서 나오는 정보는 마이더스나 더 가드로 바로 흘러 들어가지 않습니까?"

"밖으로 나가는 정보야 그렇지. 그런데 지금 이남정은 혼자 움직이고 있어."

가만히 생각하던 백종화가 말했다.

"아직 확신이 아닌 의심이라는 거군요."

"그거지."

만약 이남정이 '신혁돈이 이 사건의 주범이다.' 라고 확신을 했다면 어떤 조치를 취했을 것이고, 그 정보는 밖으로 새나가 마이더스가 움직이기 시작했을 것이었다.

하지만 마이더스는 현상금을 걸고 내부 정비를 하고 있을 뿐, 별다른 조치를 취하지 않고 있었다.

"흠……."

백종화는 생각에 잠겼고, 신혁돈은 핸들을 쥐었다.

한참 고민을 하던 백종화가 말했다.

"슬슬 대비를 해야겠습니다."

아무리 비밀리에 움직인다 한들 저들은 거대한 단체다. 요즘 같은 시대에 길거리에 있는 모든 CCTV를 피할 수는 없는 노릇이고, 누군가는 신혁돈 패거리의 흔적을 발견할 수밖에 없다.

발각되는 것은 시간문제.

그렇다면 발각된 뒤의 일을 대비해야 한다.

백종화의 말에 신혁돈이 천천히 고개를 끄덕이며 말했다.

"태수가 준비하고 있다."

"하긴, 가만히 당하고 있을 놈은 아니죠."

백종화가 고개를 주억거렸고 그때 신혁돈의 핸드폰이 울렸다.

액정을 보자 모르는 번호였다.

신혁돈은 전화를 받기 전 날짜를 확인해 보았다.

3월 2일.

신혁돈은 전화를 받으며 말했다.

"김민희?"

—어… 어떻게 알았어요?

"감이다."

—…….

김민희는 대답을 하지 않고 몇 초를 흘려보냈다. 그러자 신혁
돈이 말했다.

"각성했나?"

—예.

"각성한 걸 보니 생각을 정했나 본데, 맞나?"

—아직 잘 모르겠어요. 그보다 궁금한 게 있어요. 결정하기 전
에 먼저 물어봐도 되나요?

"말해 봐."

—제가 각성할 거라는 걸 어떻게 아셨죠?

"네가 우리와 함께한다고 약속하면 말해 주지."

함께한다는 말에 생각에 잠겨 있던 백종화가 신혁돈을 바라보았다. 뒷좌석에서 도시락과 놀던 안지혜 또한 귀를 기울였다.

─아저씨도 알고 계시겠지만 전 어린데다 평생 운동만 했죠. 그래서 깊게 생각하는 걸 잘 못해요.

"그래서?"

─돈 많이 벌 수 있나요?

"얼마나 원하는데?"

잠시 고민을 하던 김민희가 말했다.

─강남에 빌딩 한 채 살 정도요.

"소박하군."

─…네?

"네가 상상할 수 있는 것 중 가장 비싼 게 강남의 빌딩인가?"

─…네.

신혁돈은 피식 웃고선 말했다.

"1년이면 충분하다."

─정말요?

"난 거짓말 안 해."

김민희는 숨을 크게 들이쉬고서는 말했다.

─좋아요. 그것도 아주. 그런데 쉽게 믿기지가 않아요. 갑자기 나타나서 '네가 각성할 것이다'라고 말씀하셨고, 전 진짜로 각성했죠. 그런데도 자꾸 의심이 가요.

"당연한 거다."

─진짜 마지막으로 하나만 물어볼게요. 왜 저를 필요로 하시는 거죠?

"너의 도움이 필요하다."

─각성자로서요?

"그렇지."

─…….

김민희가 대답이 없자 신혁돈이 말을 이었다.

"네가 각성자가 된 이상 차원문에 들어가는 건 기정사실이다. 맞나?"

─그렇겠죠.

"거기서 만나는 사람들은 전부 처음 만나는 사람들이겠지. 너는 그들의 무엇을 믿고 함께 차원문을 넘어가지?"

─…글쎄요. 거기까진 생각 안 해봤는데요.

"어차피 그들을 믿을 거, 차라리 나를 믿어라. 나를 믿고 따르면 네가 원하는 것, 모두 이루어주마."

─모두요?

"그래, 간단히 로또 맞았다 생각해라. 그리고 네 눈으로 보고, 네가 직접 판단해. 그러다 아니다 싶으면 네 마음대로 하고."

김민희는 생각에 잠긴 듯 대답이 없었다. 신혁돈이 전화를 하는 모습을 바라보던 백종화는 시선을 돌려 창밖을 바라보았다.

"어라? 여긴 어딥니까?"

처음 보는 후미진 동네였다.

신혁돈은 별말 없이 운전을 계속했고, 백종화는 턱을 괸 채 창밖을 바라보았다. 낡은 빌라들이 즐비하게 늘어서 있었고 외국인 노동자로 보이는 이들이 삼삼오오 모여 이야기를 나누고 있었다.

곧 허름한 빌라 앞에 차를 세운 신혁돈이 말했다.

"집 앞이다. 나와라."

—네?

김민희는 바로 창밖을 내다보았고, 집 앞에 서있는 빨간 SUV 를 발견했다.

"빨간 차?"

—맞아.

딱 봐도 비싸 보이는 외제차였다.

김민희는 돈도, 백도 없는 평범한 스무 살의 학생이다.

가진 거라고는 사고로 인해 하반신 불수가 되어 병원에 입원 해 있는 어머니와 신체 건강한 몸뿐.

조금 덧붙이자면 '무한한 생명력'이라는 스킬을 가진 각성자.

—내려와.

신혁돈이 전화를 끊었지만 김민희는 여전히 창문에 기대 차 를 내려다보고 있었다.

각성을 한 것도 믿을 수 없는데 이제 막 각성한 자신을 영입 해 강남에 빌딩을 살 수 있을 정도의 돈을 벌게 해준단다.

그야말로 로또를 맞은 격.

'도대체 왜?'

신혁돈의 설명을 들었음에도 '왜'라는 의문은 쉽게 가시지 않 았다. 결국 김민희는 고민을 계속하며 집을 나섰다.

1층에 도착해 차 앞에 선 김민희의 눈에 세 사람이 들어왔다.

두 남자와 한 명의 여자. 그리고 여자의 손에서 놀고 있는 괴이하게 생긴 새.

"아… 안녕하세요."

"안녕."

김민희를 힐끗 본 백종화가 신혁돈에게 물었다.

"누굽니까?"

"네 동생."

"예?"

"네?"

백종화와 김민희가 동시에 물었다.

신혁돈은 해명 대신 고개를 까딱이며 말했다.

"내려왔으면 타지?"

차의 옆에 선 김민희가 우물쭈물하며 물었다.

"혹시 장기 매매 같은 거 하시는 분들은 아니죠?"

"그렇게 대놓고 물어보면 장기 매매 하는 사람들이 '맞아, 우린 장기 매매 하는 사람들이야.' 하고 정체를 밝히길 원하는 겁니까?"

백종화의 말에 김민희는 고개를 저었다.

"확신이 필요하면 자신이 눈으로 확인하십시오. 그러다 아니다 싶으면 알아서 하시고."

신혁돈에게도 들은 말이었다.

너의 눈으로 확인해라.

그 어떤 보장도 없는 말이었음에도 신뢰가 느껴졌다.

며칠 전 신혁돈을 만나지 않았더라면, 신혁돈이 김민희가 각성할 것을 예견하지 않았더라면 이런 신뢰는 생기지 않았을 것이었다. 하지만 신혁돈은 정확히 맞추었고, 그 때문에 알 수 없는 기대감이 자꾸만 들었다.

정말 이 사람이 말한 대로 이루어질 것만 같은 설렘까지도.

이성은 계속해서 의심했으나 감성은 어느새 신혁돈을 믿고 있었다.

"에이, 모르겠다."

김민희는 차의 뒷문을 열고 탑승하며 말했다.

"이름은 김민희, 나이는 꽃다운 스물입니다. 앞으로 잘 부탁드려요."

그러자 안지혜가 미소를 지으며 그녀에게 손을 건넸다.

"난 안지혜, 저쪽은 백종화 씨, 이쪽은 신혁돈 씨. 나도 잘 부탁해."

그녀의 어깨에 있던 도시락 또한 까악 하고 울며 환영의 인사를 건넸다.

『괴물 포식자』 3권에서 계속…

초대형 24시 만화방

신간 100%, 샤워실, 흡연실, 수면실(침대석), 커플석, 세탁기 완비

■ 강북 노원역점 ■

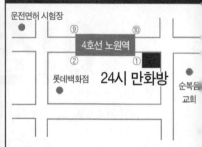

운전면허 시험장

④호선 노원역

롯데백화점   24시 만화방

순복음 교회

서울 노원구 상계동 340-6 노원역 1번 출구 앞 3층
02) 951-8324 (화용빌딩 3층)

■ 일산 정발산역점 ■

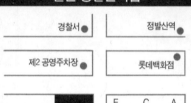

경찰서   정발산역

제2 공영주차장   롯데백화점

24시 만화방

E C A
라페스타
F D B

라페스타 E동 건너편 먹자골목 내 객잔건물 5층
031) 914-1957

■ 일산 화정역점 ■

덕양구청

화정역

세이브존
롯데마트   이마트

24시 만화방   화정중앙공원 화정동 성당

경기도 고양시 덕양구 화정동 984번지 서일빌딩 7층
031) 979-4874 (서일사우나 건물 7층)

■ 부천 역곡역점 ■

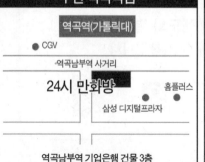

역곡역(가톨릭대)

CGV

역곡남부역 사거리

24시 만화방   홈플러스

삼성 디지털프라자

역곡남부역 기업은행 건물 3층
032) 665-5525

■ 부평역점 ■

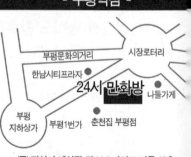

시장로터리

부평문화의거리

한남시티프라자

24시 만화방   나들가게

부평
지하상가   부평1번가   춘천집 부평점

(구) 진선미 예식장 뒤 보스나이트 건물 10층
032) 522-2871

검자 新무협 판타지 소설
FANTASTIC ORIENTAL HEROES

목탁

해적으로 바다를 누비던 청년,
절해고도에 표류해… 절대고수를 만나다!

"목탁은 중생을 구제하는
좋은 이름일세."

더 이상 조무래기 해적은 없다!
거칠지만 다정하고, 가슴속 뜨거운 것을 품은

목탁의 호호탕탕 강호행에
무림이 요동친다!

Book Publishing CHUNGEORAM

유행이 아닌 자유추구
WWW.chungeoram.com

사략함대 장편소설

FUSION FANTASTIC STORY

법보다
주먹!

2016년 대한민국을 뒤흔들 거대한 폭풍이 온다!

『법보다 주먹!』

깡으로, 악으로 밤의 세계를 살아가던 박동철.
그는 어느 날 싱크홀에 빠진다.

정신을 차린 박동철의 시야에 들어온 건 고등학교 교실.
그리고 그에게 걸려온 의문의 ARS는 그를 새로운 인생으로 이끄는데…….

빈익빈 부익부가 팽배한 세상, 썩어버린 세상을 타파하라!

법이 안 된다면 주먹으로!
대한민국을 뒤바꿀 검사 박동철의 전설이 시작된다!

Book Publishing CHUNGEORAM

유행이 아닌 자유추구 -
WWW.chungeoram.com

연기의 신

FUSION FANTASTIC STORY

서산화 장편소설

GOD OF ACTING

PRODUCTION

DIRECTOR

CAMERA

DATE   SCENE   TAKE

무대, 영화, 방송…
모든 '연기'의 중심에 서다!

『연기의 신』

목소리를 잃고 마임 배우로 활동하던 이도원은
계획된 살인 사건에 휘말려 비참한 죽음을 맞이한다.
그런 그에게 주어진 특별한 기회, 타임 슬립.

"저는 당신의 가면 속 심연을 끌어내는 배우입니다."

이제 그의 연기가 관객을 지배한다!
20년 전으로 되돌아가 완전한 배우로서의
삶을 꿈꾸는 이도원의 일대기!

Book Publishing CHUNGEORAM

유행이 아닌 자유추구 -
WWW.chungeoram.com